愛麗絲夢遊仙境

Alice's Adventures in Wonderland

作者◎路易斯・凱洛
譯者◎李漢昭　繪者◎曾銘祥

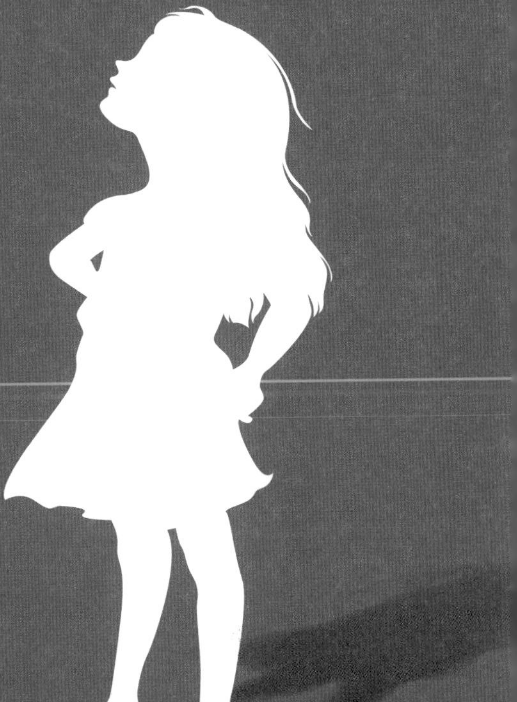

晨星出版

Contents 目次

第一章 鑽進兔子洞

愛麗絲坐在河岸邊，無所事事地靠在姊姊身上，她偷偷地瞄了姊姊正看著的書，書裡頭沒有圖畫，也沒有對白。愛麗絲心想：「沒有圖畫，又沒有對白的書，有什麼意思呢？」

悶熱的天氣讓愛麗絲昏昏欲睡，她仍然盤算著，是否值得起身採些雛菊做個花環？此時，一隻粉紅色眼睛的白兔突然跑過她身邊。

一隻粉紅色眼睛的兔子跑過，不是什麼值得大驚小怪的事，甚至於聽到兔子自言自語地說：「天哪，我要遲到了。」愛麗絲也沒有感到離奇，當時一切是那麼地自然。

當下，那隻兔子突然停步，從背心口袋中掏出一只懷錶，看一看之後又匆匆跑走。愛麗絲才跳起來，腦中靈光一閃：從來沒見過穿著背心的兔子，甚至還

掏出懷錶！她壓抑不住好奇，緊跟著兔子穿過田野，剛好看見兔子鑽進灌木叢下的大洞。愛麗絲不顧一切跟著跳進去，根本沒有考慮之後是否出得來。

兔子洞一開始像條走廊，筆直地向前延伸，後來就突然直通向下。愛麗絲還來不及止步，就往一個深井般的通道直直墜落。

也許是通道太長太深，也許是下落的速度太慢，愛麗絲往下掉的同時還有時間東張西望。她拼命往下看，想知道最後會掉到什麼地方，但是底下一片漆黑，於是她轉而看向四周的井壁，井壁上排滿了碗櫥和書架，以及掛在釘子上的地圖和圖畫。她順手從架子上拿了一個罐頭，上頭寫著「桔子醬」，令她大失所望的是，罐子裡面是空的。她不敢把空罐頭扔掉，怕砸到下面的人。因此往下掉的時候，她想辦法把空罐頭放到另一個碗櫥裡去。

掉啊，掉啊，掉啊，這一跤永遠都跌不到底端嗎？「我不知道掉了多少公里？」愛麗絲大聲說著：「我一定已經靠近地球中心的某個地方了。讓我算算看……已經墜落大約六千公里了，肯定有……」（你看，愛麗絲在學校已經學到一點東西，儘管現在不是展現知識的好時機，因為根本沒人聽她說話，不過練習說說也好。）「……沒錯，大概就是這個距離——但是，不知道在什麼經緯度呢？」（愛麗絲既不明白什麼是經度，也不明白什麼是緯度，只是認為這個詞很棒，聽起來還蠻有深度的。）

過一會兒，她又說話：「不知道我會不會穿過地球？要是一出來就遇見那些頭朝下走路的人，多有趣啊！這叫做反感世界吧？」這次她很高興沒有人聽見她說話，因為用詞完全不對，應該是相反世界。「我需要問問他們的國家叫什麼名字嗎？夫人，請問這裡是紐西蘭，還是澳洲？」（她一邊說一邊試著行屈膝禮——從空中往下

掉時還行屈膝禮，可能嗎？）

「可是若真這樣問，他們一定會把我當成傻孩子，連自己在什麼國家都不知道。」愛麗絲心裡又想：「不，絕對不能這麼問，也許我會看到國名被標示在哪兒吧！」

掉啊，掉啊，掉啊，除此之外也沒別的事可做，所以愛麗絲又嘀嘀咕咕地說：「我敢說黛娜今晚一定會想我。（黛娜是她的貓。）我的乖黛娜，真希望現在你跟我一起往下掉。但恐怕空中沒有你要吃的老鼠，不過或許可以捉到些蝙蝠。你知道嗎？牠很像老鼠。可是貓吃不吃蝙蝠呢？」

愛麗絲有些睏了，但是依舊迷迷糊糊地自言自語：「貓吃蝙蝠嗎？貓吃蝙蝠嗎？」說亂了，就變成：「蝙蝠吃貓嗎？」這兩個問題她都答不出來，所以怎麼問都無所謂。她睡著而且開始做夢，夢見自己和黛娜正手拉著手散步，並且認真地問：「黛娜，現在告訴我，你到底吃過蝙蝠沒有？」才說著就忽然「砰」地一聲，掉到了一堆乾枯的枝葉上。總算到底了！

愛麗絲沒有摔傷，馬上跳了起來，向上看看，頭頂漆黑一片。往前一看，又是一條長長的通道，她看見那隻白兔正急急忙忙地往前跑。這回可別跟丟了，愛麗絲一陣風似地追過去，還聽見兔子在拐彎時說：「哎呀，我的耳朵和鬍子，都這麼晚了！」轉彎時她仍然緊跟在後，可是一過轉角，

兔子就不見了。她發現自己來到一個長長的、低矮的走廊，屋頂上掛著一長排的燈，將走廊照得通亮。

走廊四周全是門，都上了鎖。愛麗絲從頭走到底，推一推、拉一拉，沒有一扇門打得開，她愁眉苦臉地來到走廊中央，思索著該怎麼出去。

突然間，她發現一張玻璃三腳桌。桌上除了一把小小的金鑰匙，什麼也沒有。愛麗絲立刻想到這把鑰匙可能是用來開啟其中一扇門的。可是，哎呀，不是鎖孔太大，就是鑰匙太小，試過一圈，一個門也打不開。不過，在繞第二圈時，她發現一個先前沒注意到的矮簾子，簾子後面有一扇約四十公分高的小門。她把小金鑰匙插進門鎖裡，太好了，正好合適。

愛麗絲打開門，看見一條小通道，不比老鼠洞大，她跪下來，順著通道望出去，看到一個非常可愛的小花園。她多想從這個黑暗的長廊走出去，到美麗的花園和清涼噴泉中玩耍！可是那小門連頭都過不去，可憐的愛麗絲心想：「真希望自己能縮小。」守在小門旁空等也不是辦法，於是愛麗絲又回到桌子旁，

希望再找到一把鑰匙，或者找到一本教人如何縮小的書。這次，她在桌上發現一個小瓶子。瓶口上繫著一張小紙條，上面寫著兩個很漂亮的大字：「喝我」。

「喝我」這個建議真好，可是聰明的小愛麗絲不會急忙那麼做。「不行，我得先看看，」她說著，「上面是否有寫著『毒藥』兩個字。」因為她聽過一些精彩的小故事，關於小孩子被燒傷、被野獸吃掉，以及其他一些可怕的事情，都是因為沒有記住大人的話。還有一點，她也牢記在心：如果把寫著「毒藥」瓶裡的藥水喝進肚子，肯定會完蛋。

然而，這個瓶子上並沒有標記「毒藥」字樣，於是愛麗絲大膽地嚐了一口，味道很好，混合著櫻桃餡餅、奶油蛋糕、鳳梨、烤火雞、牛奶糖、熱奶油麵包的味道。愛麗絲一口氣就把一整瓶喝光了。

「好奇怪的感覺呀！」愛麗絲說：「我一定是變小了。」

果然，現在的她只有二十五公分高了，大小正好可以穿過小門到達那個可愛的花園。她高興得眉飛色舞，立刻到花園去，走到小門前，才發覺自己忘記拿走那把小金鑰匙。等她走回桌子旁，卻發現自己太矮小，根本搆不著鑰匙。透過透明的玻璃桌面可以清楚地看到鑰匙，她盡力攀著桌腳向上爬，可是實在是太滑了。可憐的小愛麗絲一次又一次地從桌腳溜下來，累得精疲力竭，於是坐在地上開始嚎啕大哭。

「起來！」愛麗絲嚴厲地對自己說：「限你一分鐘內停止哭泣！」

愛麗絲又看見桌子底下有一個小玻璃盒。她打開一看，裡面有塊很小的蛋糕，用葡萄乾嵌著「吃我」。「我就吃它，如果它使我變大，我就能搆到那把鑰匙；但是如果它使我變得更小，我也可以從門縫下面爬過去。」

她咬了一小口，就焦急地自言自語：「是哪一種？變大還是變小？」她把手捂在頭頂，摸摸看往上還是往下，卻驚訝地發現一點也沒變。吃蛋糕本來就是很正常的事，可是愛麗絲太過期待發生一些稀奇古怪的事，因此生活中的正常事情倒顯得枯燥乏味了。於是，她開始大口吃起來，很快就把一塊蛋糕吃完。

第二章

眼淚池

「太奇怪了！」愛麗絲驚訝到頓時啞口無言，「再見，我的腿呀！」（她低頭一瞧，腳遠得快看不見了。）「哦，我可憐的小腳啊！不知道以後誰幫你們穿襪子和繫鞋帶呢？我離你們太遠太遠，沒辦法再照顧你們，以後你們只好自己照顧自己！……不過，我非得好好對待你們，要不然你們會不願走到我想去的地方的。對，我每年耶誕節時一定要送它們一雙新靴子。」

她繼續想著該怎樣送：「一定要請貨運送過去，真好笑，寄禮物給自己的腳！這地址寫起來豈不是更好笑嗎？

愛麗絲的右腳收
壁爐前的地毯
愛你的愛麗絲寄

天哪，我在胡說八道些什麼！」就在這一剎那，她的頭撞到大廳的屋頂。現在她至少有二百多公分高，急忙拿起小金鑰匙，向小花園門前跑去。

可憐的愛麗絲！她只能側身躺在地上，用一隻眼睛往花園裡看，想進去根本就不可能，於是坐在地上又哭了起來。

「你不覺得難為情嗎？」愛麗絲對自己說，「像你這麼大的女孩（說得很對），還這樣哭個不停。馬上給我停下來！」她還是不停地哭，一滴眼淚可以裝滿一個水桶，直到身邊變成一個大池塘，把半個大廳都淹沒。

過一會兒，她聽見遠處傳來輕微的腳步聲，急忙擦乾眼淚，原來那隻小白兔又回來了，打扮得十分講究，一隻手拿著一雙白色羊皮手套，另一隻手握著一把大扇子，牠邊跑邊喃喃自語：「哎呀，公爵夫人！要是讓她久等，該不會大發雷霆吧！」愛麗絲非常希望有人幫她一下，雖然見到小白兔有些失望，但是當小白兔一走近，她還是低聲說：「先生……」這可把兔子嚇一大跳，連白色羊皮手套和扇子都扔了，拼命朝暗處跑去。

愛麗絲把扇子和手套撿起來。屋裡很熱，她一邊扇著扇子，一邊自言自語：「今天可全是些怪事，我早上起來時是不是還是我自己？我想起來了，早上就覺得有點不對勁。但是我如果不是自己的話，那我又是誰呢？」她把自己認識的同齡孩子都想過一遍，看看自己是不是變成她們其中一個。

「肯定不是愛達，」愛麗絲說：「因為她有長長的捲髮，而我的頭髮一點都不捲；肯定也不是瑪貝爾，因為我懂得許許多多的事情，而她，哼！她什麼都不知道。哦！越想越糊塗，真傷腦筋！我來看看，還記不記得過去知道的事情。讓我想想：四乘五是十二，四乘六是十三，四乘七是……唉，這樣下去一輩子都到不了二十。再來試試地理：倫敦是巴黎的首都，而巴黎是羅馬的首都，羅馬是……不，不，全錯了。我一定……一定是變成瑪貝爾了。讓我再來試試背《……小鱷魚》」她像朗誦課文一樣，雙手交叉放在膝蓋上，一本正經地背起來，聲音聽起來沙啞古怪，用字也和平時不同：

小鱷魚究竟怎麼做
使牠發亮的尾巴更閃亮，
把尼羅河水灑在身上
金光閃閃的鱗甲！
……

「我肯定背錯了，」可憐的愛麗絲一邊說著，一邊淚眼汪汪，「我一定是變成瑪貝爾，如果變成瑪貝爾，我就待在這井底，就算他們把頭伸到井口說『上來吧！親愛的！』也沒有用。……」

愛麗絲突然又哭起來，「我真希望他們來叫我上去！」

她說話時，無意間看了一眼自己的手，大吃一驚，發現一隻手上戴了小白兔的白色羊皮手套。「怎麼會呢？我一定又變小了。」她站起來量一量自己，她現在大約只有五公分高了，而且還在迅速地縮小。她很快就發現到是手上拿的那把扇子在作怪，連忙扔掉扇子，總算沒有縮得完全消失。

「現在可以去花園了！」她飛快地跑到小門邊，可是，哎啊！小門又鎖上了，小金鑰匙像原來一樣仍然在玻璃桌上。「現在更糟！」

說著她腳底一滑，「撲通」一聲跌倒了，鹹鹹的池水淹到她的下巴。

她首先想到自己可能掉進海裡了。然而，她很快就明白，自己是在一個眼淚池裡，是她二百多公分高的時候哭出來的眼淚。

「唉！要是剛才沒哭得這麼厲害就好了！」愛麗絲邊說邊游著，想找條路游出去，「我真是自作自受，被自己的眼淚淹死！這真是件怪事，說真的，今天一直碰到怪事！」此時，她聽到不遠處有划水聲，於是向前游去，想看個究竟。最初，她以為一定是海象或河馬，後來她想起自己已經這麼小了，也就明白，那不過是隻老鼠，像自己一樣不小心掉進水裡的。

「和一隻老鼠講話有沒有用？」愛麗絲想，「這裡所有事情都那麼不尋常，也許牠會說話。」於是愛麗絲說：「喂，老鼠！你認得出去的路嗎？」那隻老鼠狐疑地看著她，似乎還對她眨了眨眼睛，但沒有說話。

愛麗絲想，「牠一定是一隻法國老鼠。」於是，她又用法語說：「我的貓咪在哪裡？」這是她的法文課本教的第一句話。老鼠一聽到這句話，突然跳出水面，嚇得渾身發抖。愛麗絲怕傷害到這個可憐的小傢伙，趕緊說：「對不起！我都忘了你是不喜歡貓的。」

老鼠尖聲地叫嚷：「你要是我的話，會喜歡貓嗎？」

「可能不會，」愛麗絲柔聲地說：「別生氣了。不過我還是希望你能看看我的貓咪黛娜，我想你見過她，就會喜歡貓了。她是那麼文靜友善的小東西！」愛麗絲一面無精打采地游著，一面自言自語地繼續說：「牠坐在火爐邊呼嚕呼嚕地，還不時舔舔爪子，洗洗臉，摸起來軟綿綿的。還有，說到抓老鼠，牠可是一流的……哦，對不起！」愛麗絲連忙道歉，因為這次真把老鼠氣壞了。愛麗絲說：「你要是不想聽，我們就不說她了。」

「還說『我們』呢！」老鼠從鬍子到尾巴都在發抖，「好像我願意聽似的！這種噁心、下流、粗鄙的東西！別再讓我聽到這個名字了！」

「好，好，我不再提，真的！」愛麗絲說著，急忙想轉換話題，「你……喜歡……喜歡……狗嗎？」老鼠沒有回答，於是愛麗絲熱切地說下去，「我家隔壁有一隻可愛的小狗。隨便你扔什麼東西，牠都會把它叼回來。牠是一個農夫養的，農夫說牠很有用處，要值一百英鎊呢！還說牠能殺掉所有的田鼠，而且……哎呀，天哪！」愛麗絲後悔又說錯話了，「我恐怕又惹牠生氣！」這回老鼠已經拼命游開，還攪動得池水翻騰不已。

愛麗絲跟在老鼠的後面好聲好氣地叫牠：「你回來吧！如果你不喜歡，那我們再也不談貓呀狗呀的了！」老鼠聽到這話，轉過身慢慢地向她游近，牠的臉色蒼白，用低沉且顫抖的聲音說：「我們上岸吧！然後我會將我的歷史告訴你，你就會明白我為什麼那麼恨貓和狗了。」

是該走了，因為池塘裡已經擠滿了一大群鳥類和野獸：一隻鴨子、一隻多多鳥、一隻鸚鵡、一隻小鷹和一些稀奇古怪的動物。愛麗絲領路，和這群鳥獸一起向岸邊游去。

第三章 競賽式賽跑

聚集在岸上的一大群動物，樣子看起來稀奇古怪——羽毛濕漉漉的鳥、毛緊貼著身子的小動物，一個個渾身都濕淋淋的，又不高興又不好受地站著，顯得很狼狽。

現在第一個問題是，要怎樣把身體弄乾。他們商量了一會兒。一下子，愛麗絲就和牠們混熟了，熟得好像老朋友似的。

最後，那隻老鼠——牠在大夥兒中好像很有權威——高聲說道：「你們大家都坐下，聽我說！我會很快把你們弄乾的！」大家都立即坐下，圍成一個大圈，老鼠坐在中間。愛麗絲也焦急不安地盯著牠，因為她知道如果不馬上把身上弄乾，一定會得重感冒。

「嗯！」老鼠煞有介事地哼了一聲，說：「你們都準備好了嗎？請大家全都安靜，這是我所知道的最乾巴巴的事情：威廉大將的事業得到教皇的支持，英國人很快就完全臣服於他，他們也需要有人領導，而且已經習慣被篡權和征服。梅西亞和諾森勃列亞的伯爵埃德溫和莫卡……」

「啊！」鸚鵡又打了個冷顫。「請原諒！」

老鼠皺皺眉頭，還是彬彬有禮地問：「有話要說嗎？」

「沒有，我沒有什麼要說的。」鸚鵡連忙回答。

老鼠說：「那我接著講，這兩個地方的伯爵埃德溫和莫卡都聲明支持威廉，甚至坎特伯雷非常愛國的大主教斯蒂坎德也發現這是明智的……」

「發現什麼呀？」鴨子問。

「發現『這』，」老鼠不耐煩地說：「你應該知道『這』的意思。」

「我發現吃的東西時，當然知道『這』是指什麼，『這』通常指一隻青蛙或一條蚯蚓。問題是，大主教發現了什麼？」鴨子呱啦叫著。

老鼠一點也不理會牠的問題，忙著繼續講：「……發現與埃德溫·阿

瑟林一起親自去迎接威廉，並授予他皇冠是明智的。威廉的行為舉止起初還有點分寸，可是他那諾曼第人的傲慢……」說到這裡，牠突然轉向愛麗絲問道：「你現在感覺怎麼樣了？親愛的。」

「還是那麼濕。」愛麗絲悶悶不樂地說。

「既然如此，我建議休會，並立即採取更有效的措施。」多多鳥站起來嚴肅地說。

「講白一點！」小鷹說：「這麼長的句子，我連一半都聽不懂！還有，我不相信你自己能懂！」說完後低下頭偷偷地笑，其他一些鳥也都吃吃地笑出聲來。

「我想要說的是，」多多鳥惱怒地說：「能讓我們把濕衣服弄乾的最好辦法，就是來舉行一場競賽式賽跑。」

「什麼是競賽式賽跑？」愛麗絲問，這並不是因為她想問，而是多多鳥說到這裡突然停住了，似乎想等別人問似的，卻偏偏沒有人想發問。

多多鳥說：「要說明它？最好的辦法就是我們親自做做看。」（如果你在冬天也想玩這種遊戲，我在這裡可以告訴你多多鳥是怎麼做的。）

首先，牠畫出一條比賽跑道，有點像個圓圈，然後讓大夥兒全都沿跑道分散站好，也不用說「一，二，三，開始！」而是誰想開始就開始，誰想停下就停下，所以很難知道比賽什麼時候會結束。不過，他們跑了

大約半個小時，身上差不多都乾了，多多鳥突然大喊一聲：「比賽結束了！」於是大家都氣喘吁吁地圍攏過來，不停地問道：「誰贏了？」多多鳥坐著用一根手指頭撐著前額想了好長一段時間，大家都靜靜地等待。最後，多多鳥說：「每個人都贏了，而且都有獎品！」

「可是誰來頒發獎品呢？」大家異口同聲地問。

「當然是她啦！」多多鳥指著愛麗絲說。

愛麗絲不知所措，無可奈何地把手伸進口袋，掏出一盒糖果。真幸運，還沒被鹹水浸透，她就把糖果作為獎品，分發給大家。正好一人一塊。

「可是她自己也應該有一份獎品啊！」老鼠說。

「那當然，」多多鳥非常嚴肅地回答，「你的口袋裡還有別的東西嗎？」牠轉身問愛麗絲。

「只有一個頂針了。」愛麗絲傷心地說。

「把它交給我。」多多鳥說。

於是大家又圍住愛麗絲，多多鳥接過頂針後，莊嚴神聖地遞給了她：「請求你接受這枚精緻的頂針。」簡短的致辭結束，大家全都歡呼起來。

愛麗絲認為整件事情非常荒唐，可是牠們看上去都那麼一本正經，她只好鞠了個躬，盡可能擺出一臉莊重的模樣，伸手接過頂針。

接下來是吃糖果，這又引起一陣喧鬧，大鳥們抱怨說還沒嚐到甜味糖就沒了，而小鳥們卻被糖塊噎著，還得讓人拍拍牠們的背。不管怎麼說總算吃完了，接下來牠們又圍成一個大圈坐下來，請求老鼠再說些什麼。

「你答應過要告訴我你的歷史的，」愛麗絲說：「以及你為什麼恨……恨咪咪和汪汪。」她悄聲說完最後一句，生怕又得罪老鼠。

「我的委屈很長很慘。」老鼠嘆口氣轉向愛麗絲。

愛麗絲沒有聽清楚，她看著老鼠的尾巴納悶地說：「你的尾巴的確很長，為什麼說尾巴很慘呢？」（愛麗絲把「委屈」聽成「尾巴」）。在老鼠滔滔不絕地敘述時，愛麗絲還一直為這個問題納悶，因此，在她腦子裡就把整個故事想像成這個樣子：

惡狗對牠在屋裡遇到的老鼠說：

「跟我到法庭去，我要控告你。
來吧，我不聽辯解，一定得審判你。
因為今天早上，我實在沒事幹。」

老鼠對那無賴說：

「這樣的審判，親愛的先生，
既沒有陪審團又沒有法官，
只會白白浪費時間。」

「我就是陪審，我就是法官，」

狡猾的老狗說：

「我要負責整個案件，
把你判處死刑。」

「你沒有注意聽！」老鼠嚴厲地對愛麗絲說：「你在想什麼呢？」

「對不起！」愛麗絲理虧地說，「你已經拐到第五個彎了吧！」

「我沒有彎！」老鼠非常生氣地厲聲說。

「你要個碗（彎）！」愛麗絲焦急地四處尋找。

「我不吃你這一套，你的廢話侮辱了我！」老鼠說著站起來就走。

「我不是有意的！可是你也太容易生氣了！」可憐的愛麗絲辯解著。

老鼠咕嚕一聲，沒理會她。

「請你回來，把故事講完！」愛麗絲在牠背後喊著，其他人也都齊聲應和：「是啊！回來吧！」但是老鼠只是不耐煩地搖著腦袋，越走越快。

「牠走了，多麼遺憾哪！」老鼠的身影一消失，鸚鵡就歎息說。

「要是我的黛娜在這兒就好了！牠一定會馬上把牠抓回來！」

「請允許我冒昧地問一下，誰是黛娜？」鸚鵡說。

愛麗絲熱切地回答，她隨時都樂意談論自己心愛的小寶貝：「黛娜是

我的貓，牠抓老鼠的本事一流，你們要是能看到牠抓鳥的本領就好了。牠只要看見鳥，一眨眼的工夫就會把它吃到肚子裡去！」

這話引起大家一陣恐慌，有幾隻鳥急急忙忙飛開，一隻老喜鵲小心翼翼地把自己裹緊，解釋道：「我真的必須回家了，夜晚的涼氣對我的嗓子不好。」一隻金絲鳥顫抖地喊著牠的孩子們：「走吧！寶貝，你們早該睡覺去。」牠們都找各種藉口離開了。不久只剩下愛麗絲孤零零的一個人。

「真後悔又提起黛娜！」愛麗絲傷心地自言自語，「這裡好像沒有一個喜歡牠的！」愛麗絲哭了起來，非常孤獨和沮喪。過了一會兒，她又聽見不遠處傳來腳步聲，心中期待著老鼠改變了主意，回來講完牠的故事。

第四章

兔子找來了比爾

原來是那隻小白兔又走回來，焦急地四處張望，好像在找東西似的。愛麗絲還聽到牠低聲嘀咕著：「公爵夫人啊！她肯定會把我處死的，一定的！就像雪貂是雪貂那樣千真萬確！我到底把它們丟到哪裡去了呢？」這時愛麗絲馬上猜到牠正在找那把扇子和那雙羊皮手套，於是她也好心地到處尋找，但是都找不到，自從她在池子裡游泳之後，好像一切都變得不一樣了，那個大廳、那個玻璃桌子都已消失得無影無蹤。

過一會兒，當愛麗絲還在到處尋找的時候，兔子看見了她，狠狠地對她嚷道：「瑪麗安，你在這裡做什麼？趕快回家給我拿一雙手套和一把扇子來！」愛麗絲嚇壞了，顧不得解釋牠認錯人，趕緊照牠所指的方向跑去。

「牠把我當成女僕了，」她一邊跑，一邊對自己說：「等牠發現我是誰，一定會嚇一跳的！不過，我最好還是幫牠把手套和扇

子拿來。」說著，她看到了一幢精緻的小房子，門上掛著一塊發亮的黃銅小牌子，刻著「白兔先生」。她沒有敲門就走了進去，急急忙忙往樓上跑，生怕碰上真的瑪麗安，那樣的話，在還沒有找到手套和扇子前她就會被趕出來。

她走進一間整潔的小房間，窗邊有一張小桌子，桌上有一把扇子和兩三雙白羔羊皮小手套。她拿起扇子和一雙手套，正要離開房間，忽然看到鏡子前面有一個小瓶子。這回瓶上沒有「喝我」的字樣，然而她還是拔開瓶塞就往嘴裡倒。她對自己說：「每次不管我吃了或喝了什麼東西，總會發生一些有趣的事。我真希望它會讓我變大。老是這麼小真是煩死了。」

果然如她所願，而且長大的速度比她預期還要快，半瓶還沒有喝完，頭就頂到了天花板，她只得彎下身子，免得把脖子擠斷。愛麗絲趕緊扔掉瓶子，對自己說：「夠了，不要再長了。要是剛才沒喝那麼多就好了！」

後悔也已經太遲，她繼續長，很快地連跪的地方都沒了，她只得躺下，一隻手臂撐在地上，一隻手臂抱著頭。可是還在長，她把一隻手臂伸出窗子，一隻腳伸進煙囪裡，然後自言自語：「我會變成什麼樣子呢？」

幸運的是這只小魔術瓶的法力已經發揮完畢，她不再長大，心裡卻高興不起來，因為看起來她再也沒有機會從這個房子裡出去了。可憐的愛麗絲想，「在家裡不會一會兒變大，一會兒變小。我真後悔鑽進這個兔子洞，可是……可是這裡稀奇古怪，我真不知道還有什麼事會發生。以前讀童話故事時，總認為那種事情絕不可能會發生，現在自己卻來到童話世界裡。應該寫一本關於我的書，等我長大了，我要寫一本——可是我現在已經長大了啊！」她傷心地加了一句：「至少這裡已經沒有地方可以再讓我長大了。」

「話說回來，」愛麗絲想：「我不會比現在的年齡更大了！這倒是個安慰，我永遠不會成為老太婆。但是……又得老是上學。我可不喜歡！」

「哎呀，你這個傻愛麗絲！」她回答自己：「在這裡要怎麼上學呢？這間房子幾乎都裝不下你了，哪裡還有地方可以放書呢？」

幾分鐘後，她聽到門外有說話的聲音，於是她停止嘮叨仔細傾聽。

「瑪麗安！」那個聲音喊道：「趕快把手套給我拿出來。」然後是一連串小腳步聲上了樓梯。愛麗絲知道是兔子來找她了，嚇得發抖，哆嗦得屋子都搖動了，完全忘記自己現在已經比兔子大了一千倍，根本不用怕牠。

兔子來到門口想推開門，而門是朝裡面開的，愛麗絲的手頂著門，兔子推也推不動，愛麗絲聽到牠自言自語說：「我繞過去，從窗子爬進去。」

等了一會兒，直到她聽到兔子已經走到窗下，才突然伸出手，在空中抓了一把，什麼也沒有抓到，卻聽到摔倒後的尖叫聲，和玻璃破碎的嘩啦啦響聲，她猜想兔子大概掉進溫室的玻璃天窗下，或者什麼類似的東西裡去了。

緊接著傳來兔子氣惱的喊叫聲：「帕特！帕特！你在哪裡？」接著，是一個陌生的聲音回答：「我在這兒，正在挖蘋果樹，老爺！」

「哼！還挖蘋果樹呢！」兔子氣呼呼地說：「過來，把我拉出來！」

「告訴我，帕特，窗子裡頭的東西是什麼？」

「啊，是一隻手臂，老爺！」

「一隻手臂！誰見過這麼大的手臂，它把整個窗戶都塞滿了！」

「沒錯，老爺，是塞滿了，卻還是一隻手臂啊！」

「好啦！不管怎樣，它都沒有理由塞在那兒，去把它拿走！」

過了半天都沒有動靜，愛麗絲只能斷斷續續地聽到幾句他們小聲的談話，例如：「我怕見它，老爺，我真的怕它！」……「照我說的去辦，你這個膽小鬼！」最後，她又張開手，在空中抓了一把，這次她聽到兩聲尖叫和更多玻璃破碎的聲音。愛麗絲心想，「不知道他們下一步要幹什麼？是不是要把我從窗子裡拉出去，我實在不想再待下去了！」

又過一會兒，都沒有聽到什麼動靜，之後傳來小車輪的滾動聲，以及許多人說話的聲音：「另一個梯子在哪裡？……嗯，我只拿了一個，另一個比爾拿走了……比爾，把梯子拿過來，放到這個角上……不，先把它們綁在一起，還不到一半高呢！……對，夠了，……比爾，這裡，抓住這根繩子……屋頂承受得了嗎？……小心那塊鬆了的瓦片……哎呀！掉下來了！

低頭！（砰的一聲巨響）……現在誰來做？……我認為比爾合適，牠可以從煙囪爬下去。……不，我不幹！……你必須要做！……應該比爾下去……比爾！老爺說一定要讓你下煙囪！」

「啊，這麼說比爾就要從煙囪下來了，」愛麗絲自言自語地說：「說真的這個壁爐很窄，不過我還是可以踢那麼一下。」

她把伸進煙囪裡的腳收了收，等了又等，一直聽到一個小動物在煙囪裡

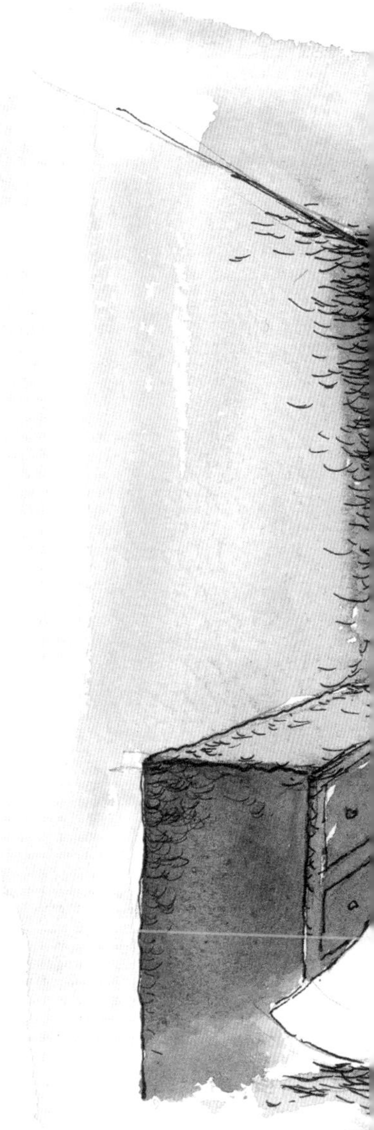

連滾帶爬地靠近，於是她一邊對自己說：「這就是比爾了」，一邊往上狠狠地踢了一腳，然後等著看再來會發生什麼事。

起先，她聽到一片叫嚷聲：「比爾飛出來啦！」然後是兔子的聲音：「籬笆邊的人，快接住牠！」接著又是混亂的說話聲：「扶起牠的頭……快，白蘭地……別嗆著牠！你碰見什麼？快告訴我們！」

等了一會兒，聽見一個細微的聲音，「唔，我根本搞不清楚，……我不喝了，我現在好多了……不過心裡慌亂得很，沒辦法細說——我只記得，有個像彈簧玩具的東西向我衝過來，然後我就像火箭一樣飛了出來！」

「沒錯，你真像火箭一樣！」其他的聲音應著。

「我們必須燒了那棟房子！」這是兔子的聲音。愛麗絲一聽到這句話，拼命地放聲高喊：「你們敢，我就放黛娜出來咬你們！」突然間鴉雀無聲，愛麗絲想：「不知道他們下一步要幹什麼！」經過一兩分鐘，他們又開始跑來跑去，愛麗絲聽到兔子說：「先用一桶。」

「一桶什麼呢？」愛麗絲正在猜測時，小卵石就像暴雨般地從窗子扔進來，有些還打到她的臉上，「我得想辦法讓他們住手，」她自言自語地說，然後大聲喊道：「你們最好別再這樣做！」接著又是一陣鴉雀無聲。

這時，愛麗絲驚訝地發現，那些小卵石掉到地板上都變成小蛋糕，她腦子裡立刻閃過一個聰明的念頭：「如果我吃上一塊，也許會使我變小。」

她吞下一塊蛋糕，果然立刻縮小。她索性再吃，直到縮成正好能夠穿過門的時候，就跑出了那棟房子，一出來發現一大群小動物和小鳥都在外面等著，那隻可憐的小壁虎——比爾，就在其中。愛麗絲一出現，牠們全都衝上前。她拼命地跑，總算跑走，不久即平安地進入一個茂密的樹林。

「我要做的第一件事，」愛麗絲一邊在樹林中漫步一邊自言自語：「就是把自己變回正常的大小，而第二件就是找到可以通往那個可愛小花園的路。這是我最好的計畫了。」

她在樹林中著急地四處張望，頭上忽然

傳來一聲尖銳的狗叫聲。她趕緊抬起頭往上看，一隻巨大的幼犬張著又大又圓的眼睛看著她，還伸出一隻爪子要抓她。「可憐的小東西！」愛麗絲用哄小孩的聲調說，一邊還向牠吹口哨。可是一想到牠可能是餓了，有可能會把自己吃掉，就嚇得要命。

愛麗絲下意識地拾起一根小樹枝，伸向小狗，小狗立刻跳起來，高興地汪汪叫著，

撲向樹枝要咬，愛麗絲急忙躲進一排樹叢後面，免得被小狗撞倒。她剛從樹叢的另一邊探出頭來，小狗又朝樹枝撲過來。牠衝得太急，不但沒有抓到樹枝，反而翻了個觔斗；愛麗絲覺得像是在和一匹馬玩耍，隨時都有被踩著的危險，於是就繞著樹叢跑起來。那隻小狗又一陣一陣的對樹枝衝鋒，每一次都衝過了頭，然後再遠遠地後退，嘴裡不停地狂吠著。最後，牠在很遠的地方蹲坐下來，伸出舌頭大口地喘氣，一雙大眼睛也半閉上了。

這是愛麗絲逃跑的最好機會，於是她轉身就跑，跑得上氣不接下氣，直到小狗的叫聲遠了，才停下來。「多麼可愛的小狗啊！」愛麗絲靠在一棵毛莨樹上休息，說：「要是我像正常時那樣的大小，真想教牠玩許多把戲！我差點忘記自己還要想辦法長大！我得吃或喝點什麼呢？」

最大的問題是要吃點喝點什麼東西？愛麗絲看著周圍的花草，看不出有什麼東西能夠吃或喝的。在她附近長著一朵巨大的蘑菇，和她差不多高。她往它底下看看，再往它後面和兩邊看看，想到還應該看看上面有什麼東西。

她踮起腳尖，伸長脖子，沿著蘑菇的邊往上看，正好與一隻大毛毛蟲的目光相接，那隻毛毛蟲交叉著手臂坐在蘑菇頂上，一聲不吭地抽著一支長長的水煙管，一點也不理會愛麗絲。

第五章

毛毛蟲的忠告

毛毛蟲和愛麗絲彼此一聲不吭地對視好一會兒。最後，毛毛蟲從嘴裡取出水煙管，慢吞吞、無精打采地開口。

「你是誰呀？」毛毛蟲問道。

愛麗絲有點不好意思地回答：「我……現在很難說，……至少今天起床時我還知道自己是誰，但是從那之後，我就變來變去，變了好幾回。」

「你這話是什麼意思？」毛毛蟲嚴厲地說：「把過程說清楚點！」

「我怕沒辦法解釋清楚，因為我現在已經不是自己了，你看。」

「我看不出來。」毛毛蟲說。

愛麗絲有禮地回答：「我也不懂怎麼回事，一天裡頭改變好幾次。」

「一點都不糊塗。」毛毛蟲說。

「唉，也許你現在還沒有辦法體會，」愛麗絲說：「可是當你必須變成一個蝶蛹的時候——你要知道總有一天會這樣的——然後再變成一隻蝴蝶，我想你一定會感到有點奇怪的，是不是？」

「一點也不會。」毛毛蟲說。

「也許你的感覺和我不同，可是那些事對我來說卻非常非常奇怪。」

「至於你！」毛毛蟲輕蔑地說：「你是誰？」

這個問題又把他們帶回到談話的開頭，對於毛毛蟲過分簡短的回答，愛麗絲感到有點不高興了，她嚴肅地說：「我想你應該先告訴我你是誰。」

「為什麼？」毛毛蟲說。

這又是一個令人困惑的難題，愛麗絲想不出合適的理由來回答，而毛毛蟲看起來很不高興的樣子，因此愛麗絲掉頭就走。

「回來！」毛毛蟲在她身後喊道：「我有要緊的話要告訴你！」

這話聽起來倒是挺吸引人的，於是愛麗絲又回來了。

有好幾分鐘，毛毛蟲只顧著悶頭吞雲吐霧不說話。最後牠鬆開手臂，把水煙管從嘴裡拿出來，說道：「你認為你已經變了，是嗎？」

「我想恐怕是的，先生。」愛麗絲說。「我平時記得的事現在都想不起來了，而且連保持同樣的身材十分鐘都做不到。」

「想不起來什麼？」毛毛蟲問。

「我試著背〈小蜜蜂怎麼幹活〉，可是背出來的完全變了樣！」愛麗絲用非常沮喪的口氣回答。

「那你背一背〈你已經老了，威廉爸爸〉給我聽！」毛毛蟲說。

愛麗絲雙手交叉，開始背誦：

青年說：「你已經老了，威廉爸爸，
你的頭髮白得差不多啦，可是你還老是倒立著——
你想想，你這歲數，合適嗎？」
「年輕的時候，」威廉爸爸回答兒子說：
「我怕腦子會受傷；
可是現在我肯定自己沒腦子了，
所以，我就一遍一遍這樣玩。」

……

「我回答了三個問題，這已經夠啦！」

父親說：「你別自大！
以為我會整天聽這些廢話？
滾開，不然我一腳把你踢到樓梯下！」

「背錯了。」毛毛蟲說。

「恐怕不全對，」愛麗絲心虛地說：「有些詞已經改了。」

「從頭到尾都錯了。」毛毛蟲乾脆地說。接著他們沉默許久。

「你想變成多大呢？」毛毛蟲先開口。

「唉！多大我倒不在乎。」愛麗絲連忙回答：「可是，一個人總不會喜歡老是變來變去的，這你是知道的。」

「我不知道。」毛毛蟲說。

愛麗絲長這麼大從不曾被人這樣不斷反駁，她覺得自己快要發脾氣了。

「你滿意現在的樣子嗎？」毛毛蟲問。

「先生，我希望能再大一點，只有七公分高，實在太不像樣了。」

「這是一個非常合適的高度。」毛毛蟲生氣地說，他恰好七公分高。

「可是我不習慣這個高度！」愛麗絲可憐兮兮地說道。

「久了就會習慣的！」毛毛蟲說完又把水煙管放進嘴裡抽起來。

這次，愛麗絲耐心地等著牠開口。過了一兩分鐘後，毛毛蟲從嘴裡拿出水煙管，打了一兩個呵欠，把身子搖一搖。然後從蘑菇上下來，向草叢爬去，離開的時候順口說道：「一邊會使你長高，另一邊會使你變矮。」

「什麼東西的一邊，又是什麼東西的另一邊呢？」愛麗絲想著。

「蘑菇。」毛毛蟲像是能聽出愛麗絲心中的問話一樣。

愛麗絲待在那兒，端詳著那個蘑菇，想弄清楚是哪兩邊。可是蘑菇圓溜溜的，愛麗絲發現這真是個難題。不管怎樣，她後來還是伸開雙臂環抱著蘑菇，而且盡量伸得遠一些，然後兩隻手分別掰下了一塊蘑菇的兩邊來。

「可是現在哪邊是哪邊呢？」她問自己，然後咬了右手那塊試試看。才吃到嘴裡，就覺得下巴被猛烈地碰了一下：原來下巴已經碰到腳背。

突然的變化使她嚇一大跳，再不抓緊時間就完了，她馬上吃下另一塊，雖然下巴和腳頂得太緊，幾乎張不開口，但是總算把左手的蘑菇啃了一點。

「我的頭終於自由了！」愛麗絲高興地說，可是轉眼間她發現自己的手臂不見了，只見到長得不得了的脖子，像是在綠色海洋中的高聳稻草稈。

「那一大片綠色東西是什麼呢？」愛麗絲說：「我的肩膀呢？哎呀！我可憐的雙手，我怎麼看不見你們呢？」她說話的時候揮動著雙手，可是除了遠處的綠樹叢中出現一些顫動外，什麼動靜也沒有。

看起來，她已經沒辦法把手舉到頭上了，於是，她打算把頭彎下去靠近她的手。她高興地發現自己的脖子像一條大蛇一樣，能夠輕而易舉地上下左右扭動，她把脖子朝下，變成一個Z字形，準備鑽到綠葉叢中。她發現這些綠色海洋不是別的，正是她剛才徘徊的林子的樹梢。這時，一種尖厲的嘶聲，使得她慌忙縮回頭。一隻巨鴿飛到她的臉上，揮著翅膀瘋狂地撲打她。

「蛇！」鴿子尖叫著。

「我不是蛇！」愛麗絲生氣地說：「走開！」

「蛇！我說就是蛇！」鴿子重複著，但口氣比剛才溫和多了：「我想盡了各種方法，但是沒有一樣能讓牠們稱心如意的！」

愛麗絲知道，在鴿子說完自己的話之前，她說什麼都是沒有用的。

「就好像孵蛋不夠麻煩似的，」鴿子說：「我還得日夜提防那些大蛇，天哪！整整三個星期我都沒闔過眼呢！」

「真不幸，你被人家擾亂得不得安寧。」愛麗絲說，似乎開始有點明白牠的意思。「我剛剛把家搬到林中最高的樹上，以為已經擺脫牠們，結果牠們還是從天上蜿蜒地蠕動著下來了。呸，蛇！」

「告訴你，我可不是蛇！」愛麗絲說：「我是……我是……」

「啊，你是什麼呢？」鴿子說，「我看你想編出什麼謊話來！」

「我……我是小女孩。」經過這一天的變化，愛麗絲有些懷疑自己。

鴿子輕蔑地說：「我從來沒有看過小女孩像你一樣有這麼長的脖子！你就是一條蛇，別想否認！你還打算告訴我，你沒有嚐過蛋的味道吧！」

「我當然吃過許多蛋，你要知道，小女孩吃的蛋可不比蛇吃的少。」

「我才不相信，如果她們也吃蛋的話，那也是一種蛇。」

這對於愛麗絲而言可真是前所未聞，鴿子趁機加上一句：「反正你是在找蛋，因此不管你是小女孩還是蛇，對我來說都一樣。」

愛麗絲急忙分辯，「我根本不是在找蛋。」

「哼，那就滾開！」鴿子生氣地說，又飛下去鑽進自己的窩。愛麗絲使勁往樹林裡蹲，可是她的脖子常常會被樹枝纏住。一會兒，她想起手裡還捏著的

兩塊蘑菇，她小心地咬咬這塊，咬咬那塊，終於恢復到平常的高度。

「好啦，現在總算恢復到原來的大小，下一步要做的就是去那個美麗的花園。我該怎麼做呢？」說著來到了一片寬廣的空地，那裡有一棟一百二十公分高的小房子。「不管誰住在這裡，」愛麗絲心想，「我現在這樣的個頭碰見他們，都會把他們的魂給嚇掉。」於是，她咬了一點右手上的蘑菇，直到縮小成二十公分高，才敢向那棟小房子走去。

第六章
胡椒廚房和豬孩子

愛麗絲站在小房子前看了一兩分鐘，琢磨著下一步該做些什麼。突然一位穿著制服的僕人（她之所以會認為他是僕人，是因為他穿著僕人的制服，如果僅僅看臉，會把他看成一條魚）從樹林跑出來，使勁地敲著門。另一位同樣穿著制服，長著圓圓的臉龐和青蛙一樣大眼睛的僕人開了門。

那位魚臉僕人從手臂下拿出一封幾乎和自己一樣大小的信，把它遞給另一個僕人，並用嚴肅的語氣說：「呈給公爵夫人，這是皇后邀請她去玩

槌球的請帖。」那位蛙臉僕人改變了一下句子，用同樣嚴肅的語氣重複一遍：「這是皇后的請帖，請公爵夫人去玩槌球。」

然後兩人深深地向對方鞠一個躬。

愛麗絲看到這個情景，忍不住笑出來，又怕他們聽見，她不得不遠遠地跑進樹林。過了一會兒再出來偷看時，魚臉僕人已經走了，另一位則坐在門口的地上，呆呆地望著天空發愣。

愛麗絲怯生生地走到門口，敲了敲門。

「敲門也沒用，」蛙臉僕人說：「他們在裡面吵吵嚷嚷，根本聽不到敲門聲。」的確，裡面傳來的吵鬧聲可真不小——又是嚎叫聲，又是打噴

嚏聲，不時還夾雜著打碎東西的聲音，好像是盤子或者瓷壺之類的東西。

「請告訴我，」愛麗絲說：「要怎樣才能進去呢？」

僕人沒有理會愛麗絲，自言自語：「我打算坐到明天。」

這時候，房門開了，一只大盤子朝著僕人的頭飛過來，掠過他的鼻子，砸在他身後的一棵樹上，碎了。

「我該怎麼進去呢？」愛麗絲又問了一遍，這次的嗓門更大聲。

「你一定要進去嗎？」蛙臉僕人說。

愛麗絲不喜歡對方說話的口氣。「真讓人受不了！」

那僕人似乎認為這是重複自己的話的好機會，不過稍微改變了一點說法：「我打算從早到晚坐在這裡，一天又一天地坐下去。」

「可是我該做什麼呢？」愛麗絲說。

「隨你便，你想做什麼就做什麼。」蛙臉僕人說完就吹起口哨。

「唉，跟他說話一點用也沒有！」然後她自己推開門進去了。

大門直直通往一間大廚房，整間廚房都煙霧騰騰的。公爵夫人坐在房子中間一把三腿小凳上，抱著一個小孩。女廚師靠著爐子邊，在一口大鍋裡攪拌著，鍋裡好像盛滿了湯。

「湯裡的胡椒一定是放得太多了！」愛麗絲不停地打著噴嚏。

空氣裡的胡椒味確實太濃了，連公爵夫人也不時打上幾個噴嚏。至於那個嬰孩，不是打噴嚏就是大哭，一刻也停不下來。廚房裡不打噴嚏的只有女廚師和一隻大貓，那隻貓正趴在爐子旁咧著大嘴笑著。

「請問，」愛麗絲有點膽怯地問，「為什麼你的貓咧著嘴笑呢？」

「牠是柴郡貓，」公爵夫人說：「會笑是一定的啊！」

女廚師把湯鍋從火上端開，隨即抄起手邊能搆得到的所有東西砸向公爵夫人和嬰孩。先是鉗子，然後是平底鍋、盆子、盤子。公爵夫人毫不理會，甚至打到身上都沒反應。那嬰孩本來哭得就很兇，因此也就看不出這些東西打到他身上沒有。

「哎啊！他的小鼻子完了。」說話間，一隻特大號的平底鍋緊擦著鼻子飛過，差點就把鼻子給削掉。

「如果每個人都不管別人的閒事，」公爵夫人嘶啞著嗓子嚷著：「地球就會比現在轉得快多了。」

「這倒不見得有什麼好處，」愛麗絲說，很高興能有機會展示一下自己的知識，「想想看，這會給白天和黑夜帶來什麼影響呢？要知道地球繞主軸轉一圈要花二十四個小時。」

「唉，別煩我了！」公爵夫人說：「我最受不了數字！」說著又連忙照料孩子，她唱著一種催眠曲，每唱一句就把孩子猛搖幾下：

對你的小孩子要粗聲粗氣，
只要他一打噴嚏就揍他；
他這麼做只不過是為了要搗蛋，
因為他知道這惹人煩。

合唱（女廚和那小嬰兒也加了進來）：

哇喔！哇喔！哇喔！

公爵夫人唱到第二段時，用力地把小嬰兒扔上扔下，那可憐的小傢伙哭得更兇了，以至於愛麗絲幾乎都聽不清楚歌詞：

我嚴厲地對我的小傢伙說話，
他一打噴嚏我就揍他；
因為只要他願意，
就可以好好地享受胡椒味啦！

合唱

哇喔！哇喔！哇喔！

「過來！抱他一會兒！」公爵夫人把小孩扔給她，「我要和皇后玩槌球了，得準備一下。」她邊說邊急忙地走出房間。

愛麗絲費力地接住那個小孩，他是個樣子奇特的小東西，手臂和腿向四面八方伸展，像蒸汽機一樣地噴氣，一會兒蜷曲起來，一會兒又伸展開。

愛麗絲好不容易找到一個抱住他的辦法，就把他帶到外面的空地。那小傢伙咕嚕一聲。「別咕嚕，」愛麗絲說：「這不是好孩子說話的樣子。」

那嬰兒又咕嚕一聲，愛麗絲很著急地看一看他的臉，想知道是怎麼回

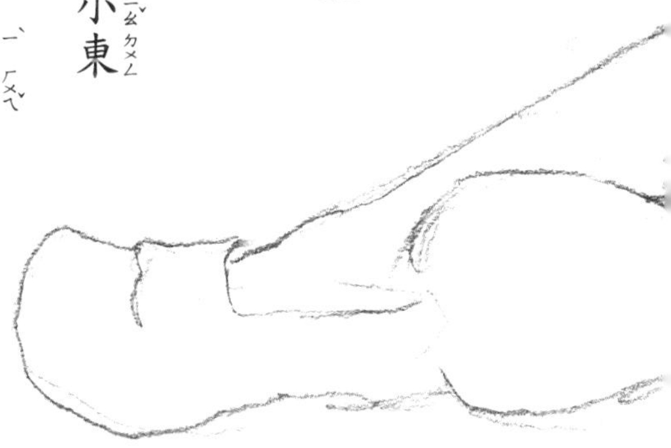

事。只見他鼻子朝天，倒像個豬鼻子；那兩隻眼睛也太小了，根本不像是孩子的眼睛。總之，愛麗絲一點也不喜歡這副模樣。

「如果你變成一頭豬，我就不會理你了！」可憐的小傢伙又哭一聲（或者說又咕嚕了一聲），然後他們就一聲不吭地走了一會兒。

愛麗絲正想著：「把這小傢伙帶回家裡該怎麼辦才好？」他又大聲地咕嚕起來，愛麗絲馬上警覺地看一看他的臉。這次一點都沒錯，牠不折不扣就是一頭豬。這時她覺得如果再抱著牠就太可笑了。

於是，她把那小東西放下來，看著牠很快地跑進樹林裡去。「如果牠長大的話，一定會變成很可怕的樣子，不過如果做豬的話，倒是一頭漂亮的豬。」忽然，發現那隻柴郡貓正坐在幾公尺遠的樹枝上，嚇了她一跳。那隻貓就只是咧著嘴笑地盯著愛麗絲，「看起來樣子倒很親切。」愛麗絲想，不過牠還是有很長的爪子和那些牙齒，應該對牠尊敬點。

「柴郡貓，請您告訴我，我應該走哪條路？」

「這要看你想上哪兒去。」貓說。

「去哪裡我都不太在乎。」愛麗絲說。

「那你走哪條路都沒關係。」貓說。

愛麗絲毫無反駁的餘地，於是換個問題：「這周圍都住些什麼人？」

「那邊，」貓說著，把右爪子揮了一圈，「住著個瘋帽客。而那邊，」貓又揮動另一隻爪子，「住著一隻三月兔，他們倆都是瘋子。」

「我可不想到一群瘋子中間去。」愛麗絲回答。

「這就沒辦法了，這兒全是瘋子，我是瘋子，你也是瘋子。」

「你怎麼知道我瘋了？」愛麗絲問。

「肯定是，」貓說：「不然你就不會到這裡來了。」

愛麗絲認為這個理由一點都不充分：「你怎麼知道自己是瘋子呢？」

「好，首先這樣來說，」貓說：「狗不是瘋子，這你同意吧？」

「就算是吧！」愛麗絲說。

「好，那麼，」貓接著說：「你知道，狗生氣時就汪汪叫，高興時就搖尾巴，可是我呢，高興時就狂吠，生氣時就搖尾巴。所以，我是瘋子。」

「你那是喵喵叫，不是狂吠。」愛麗絲說。

「隨你怎麼說，」貓說：「你今天和皇后一起玩槌球嗎？」

「我倒很喜歡玩槌球遊戲，」愛麗絲說：「可是沒有人邀請我呢！」

「你，會在那兒看到我！」貓說完就突然消失。

愛麗絲對此並不太驚奇，她已經見怪不怪了。她看一看貓剛才坐過的地方，發現貓又突然出現了。

「順便問一聲，那個嬰孩變成什麼？」貓說：「我差一點忘了。」

「變成一隻豬。」愛麗絲平靜地回答，就好像貓再次出現是正常的。

「果然不出我所料。」貓說著又消失。

愛麗絲等了一會兒，希望能再看見牠，可是牠再也沒有出現。於是，她就朝著三月兔住的方向走去。「瘋帽客是帽匠，那三月兔一定有趣得多！」說話的同時，她的眼睛往上一瞄，又看見那隻貓坐在一根樹枝上。

「你剛才說的是豬，還是樹？」貓問。

「我說的是豬。」愛麗絲回答。

「好的。」貓答應著。這次牠消失得非常慢，開始是尾巴，最後是那張咧著嘴的笑臉，那個笑臉在身體消失後好久，還停留了好一會兒。

「哎喲，我常常看見沒有笑臉的貓，」愛麗絲想，「可是還從沒見過沒有貓的笑臉呢！這真是我見過最奇怪的事了。」

愛麗絲沒走多遠，就看見三月兔的房子。她猜想這一定是三月兔的房子，因為那煙囪像一只長耳朵，屋頂還鋪著兔子毛。房子很大，所以她先咬了口左手的蘑菇，使自己長到六十公分高，才膽怯地走近。

第七章
瘋狂午茶會

屋前有一棵大樹，樹下放著一張桌子。三月兔和瘋帽客坐在桌旁喝下午茶，一隻睡鼠在他們中間睡得正香，那兩個傢伙拿牠當做墊子，把手臂撐在睡鼠身上，而且就在牠的頭上交談著。

桌子很大，但是他們三個卻都擠在桌子的一角，「沒地方啦！沒地方啦！」一看到愛麗絲走過來，他們就大聲嚷嚷。「地方有的是呢！」愛麗絲怒氣衝衝地說，一面在桌子一端的大扶手椅上坐下來。

「沒有人邀請你就坐下來，真是不太禮貌。」三月兔說。

「我不知道這是你的桌子，再說這裡可以坐下好多人，不止三個！」

「你的頭髮該剪了。」瘋帽客好奇地看了愛麗絲一會兒。

「你不要隨便評論別人，」愛麗絲板著臉說：「這有失禮貌。」

瘋帽客聽了瞪大眼睛，但是回了句：「為什麼烏鴉像寫字台呢？」

「很高興他們給我謎語猜。」她大聲說：「我一定能猜出來。」

「那你怎麼想就怎麼說。」三月兔繼續說。

「我正是這樣做的，」愛麗絲急忙回答：「至少……至少凡是我所說的就是我所想的——這是同一回事，你知道的。」

「根本不是同一回事，」瘋帽客說：「你能說『凡是我吃的東西我都能看見』和『凡是我看見的東西我都能吃』也算是同一回事嗎？」

「你能說，」三月兔也加了進來，「『是我的東西我都喜歡』和『我喜歡的東西都是我的』是同一回事嗎？」

然後，睡鼠也像在說夢話一樣加入他們：「你能說『我睡覺時總在呼吸』和『我呼吸時總在睡覺』也是同一回事嗎？」

「對你而言倒真是一樣的，」瘋帽客答了一句。說到這裡，大家的談話中斷，沉默了一會兒。

過不久，還是瘋帽客先開口：「今天是這個月的幾日？」他一面問愛麗絲，一面掏出一隻懷錶，不安地看著，還不停地搖晃，拿到耳朵旁聽聽。

愛麗絲想了一想回答：「四日。」

「錯了兩天！」瘋帽客歎一口氣，然後又生氣地看著三月兔說：「我告訴過你不應該用奶油塗錶的零件的。」

「這是最好的奶油了！」三月兔辯白。

「沒錯，可是你一定把那些麵包屑也弄了進去。」瘋帽客抱怨著。

三月兔很沮喪地拿起懷錶看一看，然後把它放到茶杯裡泡了一會兒，又拿出來看一看，可是除了那句「這是最好的奶油

了」，再也說不出別的。

愛麗絲好奇地看過去。「多麼好玩的手錶，只報日期，不報時間。」

「為什麼一定要報時間呢？難道你的錶能告訴你

年份嗎？」

「當然不行，」愛麗絲答道：「因為在同一年裡要過很長的時間。」

「我的錶不報時間也正是這個原因。」瘋帽客說。

愛麗絲實在覺得莫名其妙，瘋帽客的話聽起來似乎毫無意義，又確實是道道地地的英國話。「我不太懂你的話。」她很有禮貌地說。

「睡鼠又睡著了，」瘋帽客說，隨後在睡鼠的鼻子上倒了點熱茶。

睡鼠不耐煩地晃了晃頭，眼睛睜都不睜就說：「是，是！」

「你猜到那個謎語了嗎？」瘋帽客對愛麗絲說。

「沒有，我猜不出來，」愛麗絲回答：「謎底到底是什麼呢？」

「我也不知道。」瘋帽客說。

愛麗絲輕輕歎一口氣說：「我看你該珍惜點時間，像這樣出個沒有謎底的謎語，簡直是白白浪費時間。」

「如果你也像我一樣了解時間，」瘋帽客說：「你就不會叫它『時間』，而是叫它『老夥計』。我敢說你從來沒有和時間說過話。」

「可能沒有，可是我在學音樂的時候，知道要按照時間打拍子。」

「唉！」瘋帽客說：「你拍他打他，他會高興嗎？你要是和他交情好，他會讓鐘錶聽你的話，譬如，現在是早上九點鐘，正好是上學的時間，你只要悄悄地暗示時間一聲，鐘錶就會唰地轉到一點半，該吃午飯了！」

「我真希望現在就是吃飯時間。」三月兔小聲地自言自語說。

「那真是太棒了！」愛麗絲沉思著說：「要是我還不餓怎麼辦呢？」

「也許一開始可能不餓，」瘋帽客說：「但是只要你喜歡，你就能把鐘錶定在一點半，隨你定多久都可以。」

「你就是這麼做的嗎？」愛麗絲問道。

瘋帽客傷心地搖搖頭，「我現在可不行，」他回答：「我和時間在三月分吵了一架——就是他發瘋前。」他用茶匙指著三月兔，「那是在紅心皇后舉行的一次盛大的音樂會上，我演唱了一首：

一閃一閃亮晶晶！
滿天都是小蜻蜓！

你可能聽過這首歌，對嗎？」

「我聽過類似的歌。」愛麗絲說。

「我還沒唱完第一段，」瘋帽客說：「那皇后突然站起來大吼：『他簡直是在蹧蹋時間，砍掉他的頭！』」

「多麼殘忍野蠻呀！」愛麗絲驚喊起來。

瘋帽客傷心地接著說：「自從那次之後，不管我求他什麼，他都再也不肯滿足我的要求，所以現在總是停在六點鐘。」

愛麗絲問道：「所以這就是這裡有這麼多茶具的緣故，對嗎？」

「是的，永遠都停留在喝茶的時間，根本沒有空去洗茶具。」

「所以你們就圍著桌子移動位子，是不是？」愛麗絲問。

「沒錯，」瘋帽客說，「茶具用髒了，我們就往下個位子挪。」

「可是你們繞回原點之後怎麼辦呢？」愛麗絲追著問。

「我們換個話題，」三月兔插嘴說：「我提議讓小女孩講個故事！」

「我怕我一個故事都不會講！」愛麗絲對這個提議感到非常慌亂。

「那就讓睡鼠講一個！」三月兔和瘋帽客說著便從兩邊一起擰牠。

睡鼠慢慢睜開眼睛，嘶啞著嗓子說：「我又沒睡著，你們說的每一個字我都在聽呢！」

「給我們講個故事！」三月兔說。

「是啊，請講一個吧！」愛麗絲懇求道。

「快點講，要不然你又睡著了。」瘋帽客加上一句。

「從前有三個小姊妹，」睡鼠急急忙忙地講起來，「她們的名字是：埃爾西、萊斯、蒂爾莉，她們住在一口井底下……」

「她們吃什麼過活呢？」愛麗絲對吃喝的問題表現出濃厚的興趣。

「她們吃糖漿。」睡鼠想一兩分鐘後說道。

「這怎麼行呢？總是吃糖漿，她們會生病的。」愛麗絲輕聲地說。

「正是這樣，她們都生病了，而且病得非常厲害。」睡鼠說。

愛麗絲接著問：「她們為什麼要住在井底下呢？」

睡鼠又想了一兩分鐘後說：「因為那是一個糖漿井。」

「糖漿井，肯定沒有這樣的井！」愛麗絲認真起來。睡鼠慍怒地說：

「要是你再這樣不講禮貌，你最好自己來把故事講完吧！」

「不，求你接著講吧！」愛麗絲低聲懇求說：「我再也不打岔！」

睡鼠繼續往下講：「這三個小姊妹學著去抽——。」

「她們抽什麼呢？」愛麗絲忘記自己許下的承諾，又開口問。

「糖漿。」睡鼠這次毫不遲疑地回答。

「我想要乾淨的茶杯，」瘋帽客插嘴說：「我們挪動一下位子吧！」

說著他就挪到下一個位子，睡鼠緊隨其後，三月兔跟著移到睡鼠的位子上，愛麗絲只好不情願地坐到三月兔的位子。唯一得到好處的是瘋帽客，而愛麗絲的位子卻比以前差多了，因為三月兔剛才把牛奶瓶打翻在他的盤子。

愛麗絲不想再得罪睡鼠，所以非常謹慎地問道：「不過我還是不懂，她們是從哪裡把糖漿取出來的呢？」

「當然她們是在井裡啦，」睡鼠說，「而且還在很裡面呢！」

這個回答把愛麗絲弄糊塗了，她讓睡鼠一直講下去，沒有打斷他。

「她們學著抽畫，」睡鼠接著說，一邊打了個呵欠，又揉揉眼睛，牠已經非常睏了，「她們什麼東西都抽，只要是『ㄇ』字聲音開頭的。」

「為什麼要『ㄇ』字聲音開頭呢？」愛麗絲問。

「為什麼不能呢？」三月兔說。

愛麗絲不吭聲了。這時候，睡鼠已經閉上眼睛打起瞌睡，但是被瘋帽客擰了一下，又醒過來講下去：「用『ㄇ』開頭的東西，例如貓兒、明月、夢境，還有滿滿的。你可知道滿滿的兔子是什麼嗎？」

「你問我嗎？」這下把愛麗絲難倒了，她說：「我還沒想……」

「既然還沒想，你就不該說話！」瘋帽客說。

這句粗暴無禮的話使愛麗絲無法忍受了，於是她憤憤地站起來轉身就走，睡鼠也立即睡著，而那兩個傢伙一點也不在意愛麗絲是否走掉。她還回頭看了一兩次，希望他們能夠挽留自己。

「我再也不會去那裡了，這是我這輩子見過最愚蠢的茶會。」

她注意到在一棵樹上有一扇門開著，可以走到樹裡去，就走了進去。

她再一次來到長長的大廳裡，站在小玻璃桌子旁邊。「這回可不能搞砸了！」說完就拿起小金鑰匙，打開了花園的門，然後輕輕地咬一口蘑菇（她留了一小塊在口袋），直到自己變成約三十公分高，然後走過小走廊。她終於進入那個美麗的花園，走在漂亮的花圃和清涼的噴泉之中。

第八章

皇后的槌球場

靠近花園的入口有一棵大玫瑰樹，樹上的花是白色的，但是有三個園丁正忙著把白花染紅。愛麗絲覺得這事太奇怪了，在她走近他們時，聽見其中一個對另一個說：「小心點，黑桃五！別這樣把顏料濺了我一身。」

「我也沒辦法，」黑桃五有些不高興，「是黑桃七碰到我的手臂。」

聽到這話，黑桃七抬起頭說：「你總是把錯推到別人身上。」

「你最好閉嘴，」黑桃五說：「昨天我聽見皇后說，你該被砍頭！」

「為什麼？」第一個說話的問道。

「這不關你的事，黑桃二！」黑桃七說。

「不，當然與他有關！」黑桃五說：「讓我來告訴他——這是因為你錯把鬱金香根當成洋蔥給了廚師！」

黑桃七把手上的刷子往下

一扔說：「你看，天下最不公平的事……」他突然看到愛麗絲，愛麗絲正站在那裡注視著他們。於是他馬上住口，其餘的人也回過頭來，然後都深深地鞠了一個躬。

「能不能告訴我，」愛麗絲好奇地問：「為什麼要染玫瑰花呢？」

黑桃五和黑桃七都默不吭聲，望著黑桃二。黑桃二低聲說：「這裡應該種紅玫瑰，結果我們錯種了白玫瑰，要是被皇后發現，我們全都得殺頭。我們正在盡最大的努力，想在皇后駕臨前，把……」此時，一直焦慮不安地張望的黑桃五，突然喊道：「皇后！」這三個園丁立刻臉朝地趴了下來。

一陣腳步聲傳來，愛麗絲好奇地東張西望，盼望能看見皇后。

最先來到的是十個手拿狼牙棒的士兵，他們全和那三個園丁一模一樣，長得像長方形的平板，手和腳長在板的四角上。後面跟著十名侍臣，他們渾身都是方塊，像那些士兵一樣，兩個兩個並排行進。侍臣的後面是王室的孩子們，有十幾個，一對對手拉著手，蹦蹦跳跳，興高采烈地跑過來，他們全部都裝飾著紅心。後面走來的是賓客，大多數賓客也都是國王和皇后。在那些賓客中，愛麗絲認出了那隻白兔，接著，是個紅心傑克，雙手捧著放在紫紅色天鵝絨墊子上的王冠。這支龐大隊伍的最後，才是紅心國王和皇后。

愛麗絲不知道該不該像那三個園丁臉朝地趴下，她根本不記得王室行列

經過時，有這麼一條規矩，於是她一動也不動地站在那裡等待著。

隊伍走到愛麗絲面前，皇后威嚴地問：

「你叫什麼名字？」

「我叫愛麗絲，陛下。」愛麗絲非常有禮貌地回答。

「這幾個又是誰？」皇后指著那三個趴在玫瑰樹旁邊的園丁。

「我怎麼知道？」愛麗絲回答，對自己的勇氣也感到很驚奇。

皇后的臉一下子氣得通紅，雙眼像野獸一樣瞪著愛麗絲許久，然後尖聲叫道：「砍掉她的頭！砍掉……」

「胡說！」愛麗絲鎮定且大聲地回應。皇后就默不作聲了。

皇后生氣地從國王身邊走開，並對傑克說：「把他們翻過來！」

傑克小心翼翼地用腳把他們三個翻過來。

「起來！」皇后尖聲叫道。那三個園丁趕緊爬起來，開始向國王、皇后、王室的孩子們以及其他人鞠躬。

「好，停下來！」皇后轉身對著那棵玫瑰樹說：「你們在幹什麼？」

「陛下，願你開恩，」黑桃二語氣十分謙恭，「我們正想……」

「我明白了！砍掉他們的頭！」皇后仔細看了那些玫瑰花之後說。隊伍繼續前進，只留下三個士兵行刑。三個園丁急忙向愛麗絲請求保護。

「你們不會被砍頭的！」愛麗絲邊說，邊把他們藏進旁邊的大花盆裡。三個士兵找了幾分鐘沒有找到，悄悄地趕去追上自己的隊伍。

「把他們的頭砍掉了嗎？」皇后怒吼道。

「他們的頭已經砍掉了，陛下！」士兵高聲回答。

「好極了！」皇后說：「你會玩槌球嗎？」

「會！」愛麗絲大聲回答。

「那麼就過來！」皇后又吼道。於是愛麗絲也加入隊伍中。

「今天……今天天氣真好呵！」愛麗絲聽到身旁一個怯怯的聲音在說話。原來她正巧走在白兔的旁邊，而白兔正惴惴不安地偷看她的臉色。

「好天氣！」愛麗絲說：「公爵夫人呢？」

「噓！噓！」兔子急忙低聲制止她，並且擔心地轉過頭向皇后看看，然後踮起腳尖，把嘴湊到愛麗絲的耳邊悄悄地說：「她被判了死刑。」

「為什麼？」愛麗絲問。

「你是說真可憐嗎？」兔子問。

「不是，」愛麗絲回答：「我是問為什麼？」

「她打了皇后一個耳光……」兔子說。愛麗絲笑出聲來。「噓！」兔子害怕地低聲說：「皇后會聽到的！公爵夫人來晚了，皇后就說……」

「各就各位！」皇后雷鳴般地喊一聲，他們就東竄西跑地找地方，撞來撞去的，一兩分鐘後總算站好位置，比賽開始了。

愛麗絲一輩子都沒見過這樣奇怪的槌球比賽。球場上到處凹凸不平，槌球是活生生的刺蝟，槌球棒是活生生的紅鶴，而士兵們則手腳著地當球門。

愛麗絲感到最困難的是操縱紅鶴，不過後來總算成功地把紅鶴的身子舒服地夾在手臂底下，讓牠的腿垂在下面。可是，當她好不容易把紅鶴的脖子弄直，準備用牠的頭去打刺蝟時，紅鶴卻把脖子扭上來，用奇怪的表情看著愛麗絲的臉，惹得愛麗絲大笑。她只得再把紅鶴的頭按下去，當她準備再一次打球的時候，卻惱火地發現刺蝟已經爬走。此外，愛麗絲發現把刺蝟球打過去的路上總有一些土坎或小溝，而躬起腰做球門的士兵常常站起來走到球場的其他地方去。愛麗絲得出一個結論：這真是一個非常困難的遊戲。

那些打球的人也不按照次序，大家同時亂打，不是相罵，就是為了搶刺蝟而打起架來。沒多久，皇后就大發雷霆，跺著腳走來走去，大喊：「砍掉他的頭！」或「砍掉她的頭！」幾乎每一分鐘就要叫喊一次。

愛麗絲也十分擔心，雖然到目前為止，她還沒有和皇后發生爭吵，可是她知道隨時都可能會發生。「如果真和皇后吵架的話，我會怎麼樣呢？」

這時，她注意到天空出現了一個奇怪的影子。剛開始她驚奇極了，看了一兩分鐘後，才發現那是一個笑臉，於是她對自己說：「那是柴郡貓，現在終於有人可以和我說話了。」

「你好嗎？」柴郡貓一露出能說話的嘴就問。

愛麗絲一直等到牠整個腦袋都出現了，才對牠說起槌球比賽的情況。

「我覺得玩得不公平，」愛麗絲抱怨地說：「他們老是吵嘴，弄得連自己說的話都聽不清楚……而且好像沒有一定的規則，還有樣樣東西都是活的！譬如說，我馬上就要把球打進球門，而那個球門卻散步去了；我正要用自己的球擊皇后的刺蝟球時，哼，牠一見我的球來撒腿就跑掉啦！」

「你喜歡皇后嗎？」貓低聲問道。

「一點都不喜歡，」愛麗絲說：「她非常……」剛說到這裡，她忽然發覺皇后就在她身後聽著，於是馬上改口說：「非常會玩球，所以我覺得不值得再和她比下去，因為結果總是輸的。」皇后微笑著走開了。

「你在跟誰說話？」國王走到愛麗絲面前，好奇地看著那個貓頭。

「請允許我介紹一下，這是我的朋友——柴郡貓。」愛麗絲說。

「我一點也不喜歡牠，不過要是牠願意，可以吻我的手背。」

「我可不願意。」貓回答。

國王叫住正好經過的皇后，「親愛的，希望你能把這隻貓弄走。」

皇后解決問題的辦法只有一個，她看也沒看就說：「砍掉牠的頭！」

「我親自去找劊子手。」國王很殷勤地說著，匆匆忙忙地走了。

愛麗絲想：還是回去看看遊戲進行得怎麼樣。她聽到皇后在遠處宣判了三名錯過自己場次的球員死刑。愛麗絲不喜歡這個場面，根本不知道什麼時候輪到自己，於是就找她的刺蝟球去了。

她的刺蝟正和另一隻刺蝟打架，愛麗絲看出這是打中另一隻刺蝟球的好

機會，可是她的紅鶴跑到花園的另一邊了，正想往樹上飛，卻飛不上去。

等她把紅鶴捉回來，那兩隻刺蝟已經跑得無影無蹤。為了不讓紅鶴逃跑，愛麗絲把牠夾在手臂下，然後回到朋友那裡聊天。

愛麗絲回到柴郡貓那兒時，驚訝地發現有一大群人圍著牠，劊子手、國王、皇后正在激烈地辯論著，其餘的人都默不作聲，看起來十分不安。

愛麗絲一出現，那三個人就立即請她當公證人來解決問題，他們爭先恐後地同時向她重複自己的理由，使得愛麗絲很難聽清楚他們在說什麼。

劊子手的理由是：除非有身子，不然就沒辦法砍頭。

國王的理由是：只要有頭，就能砍，劊子手只管行刑就好，少說廢話。

皇后的理由是：不執行她的命令，她就把每個人的頭都砍掉。

愛麗絲說：「這貓是公爵夫人的，你們最好去問問她的意見。」

「她在監獄裡，」皇后對劊子手說：「把她帶過來！」

劊子手一走開，貓就開始消失，等劊子手帶著公爵夫人回來時，貓就完全不見了。國王和劊子手發瘋似地到處找，而其他人又回去玩槌球比賽了。

第九章

假海龜的苦衷

「見到你真高興！」公爵夫人邊說邊親切地挽著愛麗絲的手臂。

愛麗絲對公爵夫人有這麼好的心情感到非常開心，她想到上一次在廚房裡見面時，公爵夫人那麼兇狠，也許是受了胡椒的刺激。

愛麗絲想得如此出神，已經完全忘記公爵夫人，因此聽到她在自己耳邊說話時，吃了一驚。「親愛的，你在想心事嗎？想得都忘記聊天。現在我還沒辦法告訴你這件事的教訓是什麼，不過等一會兒我就會想出來的。」

「或許其中沒什麼教訓。」愛麗絲大膽地發表意見。

「得了，每件事都會有教訓的。」她說話時，身體緊靠著愛麗絲。

「現在槌球比賽進行得比較順利了。」愛麗絲沒話找話地說。

「由此可見這件事的教訓是……『愛是推動世界的力量！』」

「有人說，」愛麗絲小聲地說：「這是由於人們的自私自利。」

「意思都一樣，」公爵夫人邊說，邊使勁地把尖下巴往愛麗絲的肩上

壓了壓，「這個教訓是：『只要保持理智，說話就會謹慎。』」

「她真是喜歡從事情中尋找教訓啊！」愛麗絲想。

「我猜想你一定很奇怪我為什麼不摟你的腰，」停了一會兒後公爵夫人又說：「因為我對你的紅鶴還摸不透。我來試一試行嗎？」

「牠會咬人。」愛麗絲小心地回答，一點也不想讓她試自己的紅鶴。

公爵夫人說：「紅鶴和芥末都會咬人，教訓是『物以類聚』。」

「可是芥末不是鳥。」愛麗絲說。

「你說到重點了。」公爵夫人說。

「我想那是一種礦物吧？」愛麗絲說。

「當然！」公爵夫人似乎對愛麗絲的每句話都表示贊同，「附近就有一個大芥末礦，這個教訓是：『我的東西越多，你的東西就越少。』」

「哦，我知道了！」愛麗絲大聲喊道，並沒去注意她最後一句，「芥末是一種植物，樣子看起來不像，不過就是植物。」

公爵夫人說：「我同意你的看法，教訓是：『你看像什麼就是什麼』，或者，把話說得簡單一點『永遠不要把自己想像成和別人心目中的你不一樣，因為你曾經或可能曾經在人們心目中是另外一個樣子』。」

公爵夫人說：「剛才的每句話，都是送給你的禮物。」

「這樣的禮物可真省錢。」不過她不敢大聲說出來。

「又在想什麼啦？」公爵夫人問道，尖下巴緊緊地頂了一下愛麗絲。

「我有思考的權利。」愛麗絲尖聲回答，她覺得有點不耐煩。

「沒錯，」公爵夫人說道：「正像豬有飛的權利，這裡的教……」

愛麗絲大吃一驚，因為公爵夫人聲音突然消失，甚至連她最愛說的「教訓」也沒說完，愛麗絲抬頭望去，發現皇后就站在她們面前。

「今天天氣真好，陛下。」公爵夫人低聲下氣地說。

「我警告你！」皇后跺著腳嚷道，「要嘛滾開，要嘛把頭砍下來。」

公爵夫人選擇離開，並且馬上就走掉。

「我們繼續去玩槌球吧！」皇后對愛麗絲說。愛麗絲嚇得不敢吭聲。

其他的客人趁皇后不在，都跑到樹蔭下乘涼去。一看到皇后回來，就馬上又跑去玩槌球。皇后僅僅說了一句，誰要是耽誤一秒鐘，就要他們的命。整個槌球比賽，皇后不停地和別人爭吵，大聲嚷著「砍掉他的頭！」被宣判死刑的人，立刻就被士兵帶去監禁起來，而執行命令的士兵也不能再回來做球門。因此，過了約莫半個小時，球場上已經沒有任何一個球門。除了國王、皇后和愛麗絲，所有參加槌球遊戲的人，都被判了死罪監禁起來。

累得上氣不接下氣的皇后停下來，問愛麗絲：「你看過假海龜嗎？」

「沒有，」愛麗絲說：「我連假海龜是什麼東西都不知道呢！」

「那麼就跟我來吧！」皇后說：「牠會講牠的故事給你聽。」

當她們一起離開的時候，愛麗絲聽到國王小聲地對大家說：「你們都被赦免了。」愛麗絲心想：「這倒是件好事。」

過不久，她們就碰見一隻獅身鷹面獸，正曬著太陽睡著午覺。

「起來！」皇后說：「帶這位小姐去看假海龜。」說罷就走了。

獅身鷹面獸坐起來揉揉眼睛，看著皇后，直到她走得看不見，才笑了起來，一半對著自己，一半衝著愛麗絲。

「你笑什麼？」愛麗絲問道。

「她呀，」獅身鷹面獸說：「這全是她的想像，事實上，他們從來沒有砍過別人的頭。咱們走吧！」

走了不久，他們就遠遠看見那隻假海龜，正孤獨而悲傷地坐在一塊小岩石上。「什麼事讓牠如此傷心呢？」她問獅身鷹面獸，而得到的回答和剛才差不多：「這全是牠的想像，事實上，牠根本沒有什麼傷心事！」

假海龜用一雙飽含著眼淚的大眼睛望著他們，一句話也不說。

「這位年輕的小姐想了解一下你的經歷。」獅身鷹面獸對假海龜說。

假海龜語調深沉地說：「你們倆都坐下，在我講完之前都別作聲。」

於是他們坐下來。有幾分鐘誰都不說話。愛麗絲心裡暗想：「要是牠不起個頭，怎麼能講完？」但是她還是很有耐心地等待著。

「從前，」假海龜歎一口氣，終於開口：「我是隻真正的海龜。」

這句話之後，又是一段長時間的沉默，只有獅身鷹面獸偶爾叫一聲：「啊，哈！」以及假海龜不斷發出的沉重的抽泣聲。等一會兒，假海龜終於又開口了，牠平靜許多，只不過依然不時地抽泣一聲，「我們小的時候，都到海裡去上學。校長是一隻老海龜……」

「受最好的教育……我們每天都上學。」

「我也是天天都上學，」愛麗絲說：「這沒有什麼值得驕傲的。」

「你們也有選修課嗎？」假海龜有點不安地問道。

「當然啦，」愛麗絲說：「我們學法文和音樂。」

「也有洗衣課嗎？」假海龜問道。

「當然沒有。」愛麗絲生氣地回答。

「啊，那就算不上是一所真正的好學校，」假海龜鬆了一口氣，「我們學校的課程表最後一項都是副課：法文、音樂、洗衣。」

「你們都住在海底，應該用不著洗多少衣服吧！」愛麗絲說。

「我實在上不起這種課，」假海龜歎息了一聲說：「我只上正課。」

「都是些什麼呢？」愛麗絲問道。「一開始當然是蹣跚學步和蠕動，」假海龜答道：「然後就學習各種運算方法——『夾術』、『鉗術』、『沉術』和『醜術』。」

「我沒聽說過『醜術』，」愛麗絲壯著膽子問：「那是什麼？」

獅身鷹面獸舉起兩隻爪子驚訝地說：「什麼？你沒聽說過醜術？我想那你總該知道什麼叫美術吧！」

愛麗絲含糊地說：「那是……讓什麼東西……變得好看些的方法。」

獅身鷹面獸說：「那如果你還不知道什麼是醜術，一定是傻瓜。」

愛麗絲不敢繼續談論這個問題，向假海龜問道：「你還學些什麼？」

「我們還學歷史，」假海龜扳著手指頭說，「歷史有上古歷史、中古歷史和近代歷史，還要學地理和繪畫。我們的繪畫老師是一條老鰻魚，一星期來一次，教我們水彩畫和素描畫。」

「那是什麼樣子的呢？」愛麗絲問道。

「我身體太僵硬，沒辦法示範，而獅身鷹面獸沒學過。」假海龜說。

「是因為我沒時間！」獅身鷹面獸說：「不過我聽過外語老師的課，牠是一隻老螃蟹，是一隻真螃蟹。」

「我沒聽過牠的課，」假海龜說：「人家說牠教的是臘丁和洗臘。」

「是啊！」獅身鷹面獸也歎口氣，於是兩個傢伙都用爪子掩住了臉。

「你們一天上多少課呢？」愛麗絲連忙換了個話題。

「第一天十小時，第二天九小時，依此類推下去。」假海龜回答道。

「多麼奇怪的安排啊！」愛麗絲叫道。

「所以人們才說上『多少課』，」假海龜解釋說：「『多少課』就是先多後少的意思。」

「上課的問題談夠了，」獅身鷹面獸口氣堅決地插嘴說：「告訴她一些關於遊戲的事吧！」

第十章 龍蝦方塊舞

假海龜歎一口氣，用手抹抹眼淚。他望著愛麗絲想說話，卻泣不成聲。

後來假海龜終於開口說話，牠一邊流著眼淚一邊說：「你大概沒在海底下長時間住過，所以你根本也想像不出龍蝦方塊舞有多麼有趣。」

「是嗎？」愛麗絲說：「是一種什麼樣的舞呀？」

「大家先是在岸邊站成兩排！」假海龜嚷道：「有海豹、烏龜和鮭魚，統一排好隊，然後就把所有的水母都清理乾淨……」

「這可要費好一陣工夫呢！」獅身鷹面獸插嘴說。

「然後，向前進兩步……」假海龜接著說。

「每個都有一隻龍蝦作舞伴！」獅身鷹面獸又嚷道。

「是這麼跳的，」假海龜說道：「向前進兩步，找好舞伴……」

「再交換舞伴，向後退兩步。」獅身鷹面獸接著說。

假海龜說：「然後，你就把龍蝦……」

「扔出去！」獅身鷹面獸跳起來嚷道。

「盡你的力把牠遠遠地扔到海裡去。」

「再游出去把牠們追回來！」獅身鷹面獸尖聲叫道。

「接著在海裡翻一個筋斗！」假海龜邊叫邊發瘋似地跳來跳去。

「再交換一次舞伴！」獅身鷹面獸尖著嗓門嚷叫道。

「然後再回到陸地上，這就是舞蹈的第一節。」假海龜說著。

「那一定是很好看的舞蹈。」愛麗絲膽怯地說。

「來，那咱們來跳第一節吧！」假海龜對獅身鷹面獸說：「你看，就算是沒有龍蝦，我們也能跳一段龍蝦方塊舞。不過誰來唱呢？」

「啊，你來唱吧！」獅身鷹面獸說：「我已經把歌詞忘記了。」

於是，他們莊嚴地圍著愛麗絲一本正經地跳起舞來，一邊用前爪打著拍子。不時地跳到愛麗絲跟前，踩著愛麗絲的腳。假海龜緩慢而悲傷地唱道：

鱈魚對蝸牛說：

「你不能走快一點嗎？
一隻海豚正跟在我們後面，
他老是踩到我的尾巴。
你看龍蝦和烏龜多麼匆忙，
海灘舞會馬上就要開始啦！
你願意去跳舞嗎？
你願去，你要去，你願去，你要去，
你願去跳舞嗎？」

……

親愛的蝸牛，不要害怕，
趕快去參加舞會。
你可願，你可要，你可願，你可要，
你可願參加舞會？
你可願，你可要，你可願，你可要，
你可要參加舞會？」

「這舞真有趣，尤其是奇妙的關於鱈魚的歌真好玩。」

假海龜說：「哦，說到鱈魚，牠們……你當然看見過牠們啦？」

「是的，」愛麗絲回答。

「如果你經常看見牠們，當然就知道牠們長得是什麼樣子。」

愛麗絲邊想邊說：「牠們嘴裡銜著尾巴，身上裹滿了麵包屑。」

「麵包屑？你一定弄錯了！」假海龜說：「不過牠們倒真會把尾巴彎到嘴裡，這是因為……」說著假海龜打一個呵欠，閉上眼睛。

「告訴她是什麼原因。」他對獅身鷹面獸說。

獅身鷹面獸說：「這是因為牠們願意和龍蝦一起參加舞會，常常要被扔到海裡去，所以得緊緊地咬住尾巴，結果尾巴就伸不直了。」

「謝謝你，」愛麗絲說：「我以前不知道這麼多關於鱈魚的故事。」

獅身鷹面獸說：「你知道牠們為什麼叫鱈魚嗎？」

「我這倒沒想過，」愛麗絲說：「為什麼呢？」

「因為牠是用來擦靴子和鞋子的。」獅身鷹面獸煞有介事地說。

愛麗絲被這個解釋弄糊塗了。「擦靴子和鞋子？」她詫異地問。

「是的，你的鞋子是用什麼擦的？」

愛麗絲低頭看了看自己的鞋子，想一下才說：「我用的是鞋油。」

「海裡的靴子和鞋子，」獅身鷹面獸說：「是用鱈魚的雪擦的。」

「那鱈魚的雪是用什麼做的？」愛麗絲好奇地追問。

「當然是鯧魚和鰻魚啦！」獅身鷹面獸顯得很不耐煩。

「如果我是一條鱈魚，」愛麗絲說，腦子裡還惦記著那首歌，「我會對海豚說：『離我們遠一點，我們不想要你跟著我們！』」

假海龜說：「牠們得讓海豚跟著，聰明的魚到哪裡都跟著老海豚。」

「真的嗎？」愛麗絲驚奇地問。

獅身鷹面獸接著說：「讓我們聽聽你的來歷吧！」

「要告訴你們我的故事——得從今天早晨開始，」愛麗絲有點膽怯地說：「我們不必從昨天開始，因為從那以後，我已經變成另一個人了。」

「那你把來龍去脈解釋一下。」假海龜說。

愛麗絲開始講她的故事，從看見白兔說起，她的兩位聽眾安靜地聽著，直到她講到背《你老了，威廉爸爸》給毛毛蟲聽，而背出來卻完全不對的時候，假海龜才長噓一口氣，說道：「這真的很古怪。」

「怪得沒辦法再怪啦！」獅身鷹面獸說。

「這首詩全背錯啦！」假海龜若有所思地重複，「我倒想再聽聽她背誦點什麼東西！」他看看獅身鷹面獸，好像他對愛麗絲有什麼權威似的。

「站起來背《那是懶鬼的聲音》！」獅身鷹面獸對愛麗絲說。

愛麗絲想站起身來背誦，腦子裡卻充滿龍蝦方塊舞，簡直不知道自己在說些什麼。背出來的東西確實非常奇怪：

那是龍蝦的聲音，

我聽見他在說——

「你們把我烤得太黃，

我頭髮裡還得加點糖。」

他用自己的鼻子，

就像鴨子用自己的眼瞼一樣，

整理自己的腰帶和鈕釦，

還把腳趾向外扭轉。

……

「這和我小時候背的完全不一樣。」獅身鷹面獸說。

「我以前也從來沒聽過，」假海龜說：「可是聽起來盡是些傻話。」

愛麗絲雙手捂著臉坐了下來，心裡想著不知道什麼時候才能恢復正常。

「我希望你把那首詩解釋一下。」假海龜說。

「她解釋不了，」獅身鷹面獸急忙說：「接著背下一節吧！」

假海龜問道：「他怎麼能用鼻子扭轉腳趾呢？」

「那是跳舞的第一個姿勢。」愛麗絲回答。

「背第二節吧！」獅身鷹面獸說。

愛麗絲不敢違背，雖然她明知道一切都會弄錯。她用顫抖的聲音背道：

我經過他的花園，

並且用一隻眼睛看見，

豹和貓頭鷹，

正在分享一塊餡餅。

豹分到了外皮、肉汁和肉餡，

貓頭鷹只分到了一個空盤。

……

假海龜打斷她，「一邊背一邊解釋，這是我聽過最亂最糟的東西。」

「沒錯，最好停下來！」獅身鷹面獸說，而愛麗絲正求之不得呢！

獅身鷹面獸接著說：「不然，就請假海龜為你唱首歌吧！」

「那就來一首歌，如果假海龜願意的話。」愛麗絲如此熱情，惹得獅身鷹面獸很不高興的說：「老傢伙，那你就給她唱首『海龜湯』嗎？」

假海龜深深地歎一口氣，哽咽著唱起來：

美味的湯，裝在熱氣騰騰的碗裡。
綠色的濃湯，誰不願意嚐一嚐，
這樣的好湯。
晚餐用的湯，美味的湯，
美……味的湯……湯！
晚……晚……晚餐用的……湯，

有了它，誰還會再把魚想，
再想把野味和別的菜來嚐？
誰不最想嚐一嚐，
兩便士一碗的好湯？
晚……晚……晚餐用的湯……湯，
美味的，美……味的湯！

「合唱部分再來一遍！」獅身鷹面獸喝采。假海龜剛要開口，就聽到遠處傳來一聲高喊：「審判開始啦！」

獅身鷹面獸一聽，拉著愛麗絲轉頭就跑。

「什麼審判？」愛麗絲一面跑一面喘著氣問，獅身鷹面獸只是說：

「快點！」他們的身後，微風送來越來越微弱的歌聲：

晚……晚……晚餐用的湯……湯，美味的，美味的湯！

第十一章

誰偷走了餡餅

當他們趕到法庭時，紅心國王和紅心皇后正坐在王座上，周圍有一大群各種類的小鳥獸圍著。紅心傑克站在他們面前，被鏈條鎖著，兩邊各有一名士兵看守。國王旁邊就是那隻白兔，一手拿著喇叭，一手拿著一卷羊皮紙文件。法庭正中央有一張桌子，上面放著一大盤餡餅。餡餅十分精緻，愛麗絲一看就覺得餓了。她想：「真希望審判能快一點結束，好讓大家吃點心。」但是看起來並沒有這種跡象。

愛麗絲從來沒有到過法庭，只在書上看過。她對自己幾乎知道這裡所有的事物而有些得意。「那是法官，」她對自己說：「因為他戴著假髮。」法官就是國王，他在假髮上戴了王冠，看起來不太順眼。

「那是陪審團席，」愛麗絲想，「那十二個動物，一定是陪審員。」十二位陪審員全都在紙板上忙著寫些什麼。「牠們在幹什麼？」愛麗絲低聲地問獅身鷹面獸，「審判開始前，他們不應該有什麼要記錄的。」

獅身鷹面獸回答：「牠們在記自己的姓名，怕在審判結束前忘掉。」

「這些蠢傢伙！」愛麗絲不滿地大聲說，但立刻就住了口，因為白兔正在高喊：「法庭肅靜。」

一名陪審員的筆在書寫時發出刺耳的聲音，愛麗絲當然忍受不了，於是她走到牠的背後，逮住機會一下子把筆給抽走了。她抽得非常迅速，那個可憐的小陪審員（就是那隻壁虎比爾）甚至還沒有弄清楚是怎麼回事。

「傳令官，宣讀起訴書。」國王宣布說。於是白兔把喇叭吹了三下，然後打開羊皮紙上的文件，宣讀如下：

紅心皇后，做了餡餅，
在一個炎炎的夏日；
紅心傑克，偷走了餡餅，
全都帶走匆忙遠離！

「請陪審團裁決。」國王對陪審員說。

「還不行！」兔子連忙插話道，「判決以前還有許多程序呢！」

白兔吹了三聲喇叭，喊道：「傳第一位證人到庭！」

第一個證人是瘋帽客。他一手拿著茶杯，另一隻手捏著奶油麵包，說：

「請原諒，我帶這些東西，是因為還沒喝完午茶就被傳喚來了。」

「你早就該喝完了，」國王說：「你從什麼時候開始喝午茶的？」

三月兔和睡鼠也跟著他進來，瘋帽客說：「是三月十四日開始的。」

「是十五日。」三月兔說。

「十六日。」睡鼠補充說。

「都記下來，」國王對陪審員說，陪審員連忙在紙板上寫下。

「脫掉你的帽子！」國王對瘋帽客說。

「帽子不是我的。」瘋帽客回答。

「偷的！」國王大喝一聲，回頭看一看陪審員。

「是賣的，我是個帽匠，沒有一頂帽子是我自己的。」瘋帽客解釋。

這時，皇后戴上眼鏡，開始盯著瘋帽客，嚇得他臉色發白，侷促不安。

「拿出證據來，」國王說：「不要緊張，否則我就把你當場處決。」

這些話不僅一點也沒有為證人壯膽，反而使他不安地交替著雙腿，很緊張地看著皇后，由於心慌意亂，竟把茶杯當成奶油麵包咬了一大塊下來。

這時，愛麗絲發現她的身體又在長大了。起初，她還想站起來離開法庭，隨即考慮一下，決定要留下來：只要屋裡還有她容身的餘地。

皇后的眼睛沒有離開過瘋帽客，她說：「把上次音樂會歌唱者的名單給我。」聽到這話，可憐的瘋帽客嚇得全身發抖，甚至把鞋子都抖掉了。

「拿出證據來，不然就處死你！」國王憤怒地重複一遍。

「陛下，我是個窮人，」瘋帽客顫抖地說，「我剛剛開始喝午茶……

還沒超過一星期……一方面那塊奶油麵包變得太薄……另一方面還有茶會閃光……」

「什麼東西會閃光？」國王問。

「我說茶。」瘋帽客回答。

「哦，擦，擦火柴是會閃光的。接著說下去！」國王尖銳地吼。

「從那以後，大部分的東西都會閃光了……只有三月兔說……」

三月兔趕緊插嘴：「我沒說過。」

「好，那就是睡鼠說的……」瘋帽客四下張望，而睡鼠睡得正香呢！

「睡鼠說了些什麼？」一位陪審員問。

「我記不得了。」瘋帽客說。

「你一定要記得，不然我就處決你。」國王說。

瘋帽客連忙丟掉茶杯和麵包，跪下說：「我是可憐的窮人，陛下。」

「你是可憐的狡辯者。」國王說。

這時一隻豚鼠突然喝起采來，卻立即被法官制止。（「制止」這個詞，需詳細解釋一下。他們用一只大帆布袋，把那隻豚鼠頭朝裡面塞了進去，用繩子紮住袋口，然後坐在袋子上。）

愛麗絲心想：「我常在報上看到這樣的話，說審判結束時『出現了喝采聲，但當下即被法官所制止。』直到現在我才明白那是怎麼回事。」

「如果你知道的只有這麼多，那就退下去吧！」國王宣布說。

「我實在無法再往下退，因為我已經站在地板上了。」瘋帽客說。

「那麼你可以坐下。」國王說。

話音剛落，又一隻豚鼠喝起采來，但隨即也被「制止」了。

愛麗絲心裡想：「兩隻豚鼠都被收拾了！審判可以進行得順利些。」

「我得喝完這杯茶。」瘋帽客看著皇后，皇后在看歌唱者的名單。

「你可以走了。」國王一說，瘋帽客連忙跑出法庭，顧不得穿鞋子。

這時，皇后對一位官員吩咐一句：「立刻在庭外將那個瘋帽客斬首。」可是官員還沒有追到大門口，瘋帽客就跑得無影無蹤了。

「傳下一個證人！」國王吩咐。

下一個證人是公爵夫人的女廚師。她手裡拿著胡椒瓶，一走進法庭，就使得靠近她的人不停地打噴嚏，因此愛麗絲一下就猜出是誰。

「說出你的證據。」國王吩咐道。

「我不說。」女廚師回答。

國王不安地看看白兔，白兔低聲說：「陛下得盤問盤問這個證人。」

「好，如果非得要這樣的話，我一定會這麼做的。」國王歎了口氣說。他交叉著雙臂，對女廚師皺著眉頭，一直皺到視線都模糊，才用深沉的語調說：「餡餅是用什麼做的？」

「差不多都是胡椒。」廚娘說。

「是用糖漿做的。」一個睏倦的聲音從女廚師身後傳來。

「掐住那隻睡鼠的脖子，」皇后尖叫起來：「砍掉他的頭！」

整個法庭混亂了好幾分鐘，直到把睡鼠趕出去以後，大家才再次安靜地坐下來，但這時女廚師卻失蹤。

「沒關係！」國王大大鬆一口氣，「傳下一個證人。」然後他對皇后

耳語說：「親愛的，下一個證人得由你來審問，我頭疼得無法忍受了。」

愛麗絲看到那白兔正在整理名單，非常好奇，想看看下一個作證的人是誰。她想：「看來他們還沒有收集到足夠的證據。」接下來卻令她大吃一驚，因為白兔竟然用刺耳的嗓音喊道：「愛麗絲！」

第十二章

愛麗絲的證詞

「在這兒！」愛麗絲過於急促地站起來，使得裙邊掀動了陪審員席，把陪審員們翻倒在下面聽眾的頭上，害得他們在人頭上爬來爬去。

「實在是對不起！」愛麗絲驚急急忙忙把那些陪審員扶回原位。

「審判暫停！」國王嚴肅地宣布，「直到全體陪審員返回自己的位置。」他狠狠地加重語氣，眼睛嚴厲地盯著愛麗絲。

等陪審員鎮定下來，紙板和鉛筆也都找到了以後，他們立即勤奮地工作起來。首先是記下剛才的偶發事故。

國王開口：「你知道這件事嗎？」

「不知道。」愛麗絲回答。

國王忙著在記事本上寫東西，現在他高聲喊道：「保持肅靜！」然後宣讀：「規則第四十二條，凡是身高超過一公尺以上者退出法庭。」

所有人都望著愛麗絲。

「我不到一公尺高。」愛麗絲說。

「你有。」國王說。

「將近兩公尺了。」皇后補充說。

「哼！不管怎樣，我就是不走。」愛麗絲說：「再說，那根本不是正式的規定，是你剛才捏造出來的。」

「那可是書中最老的一條規定。」國王說。

「那就應該是第一條呀！」愛麗絲說。

國王急忙合上本子，顫抖地對陪審團說：「請陪審團做出裁決！」

「陛下！又發現新證據！」白兔跳起來說：「有人發現這張紙。看來像是一封信，是那個犯人寫給……給一個什麼人的。」

「毫無疑問的，肯定是這樣。」國王說。

「信是寫給誰的？」一個陪審員問。

「它不是寫給誰的，事實上，信封上什麼地址也沒寫。」白兔一面說，一面打開那張紙，然後又說：「啊！根本不是信，而是一首詩。」

「是那犯人的筆跡嗎？」另一個陪審員問。

「不是。」白兔說，陪審員全都露出迷惑不解的樣子。

「他一定是模仿別人的筆跡。」國王一說，陪審員似乎又豁然了解。

這時，傑克開口說：「陛下，這不是我寫的，誰也不能證明是我寫的，因為末尾並沒有簽名。」

「如果你沒有簽名，」國王說：「那只能說明你的罪行更惡劣。這意味著你的狡猾，否則你為什麼不像一個誠實的人那樣，簽上你的名字。」

這番話引起全場一片掌聲，這是那天國王所講出來的第一句聰明話。

「那就證明他有罪。」皇后說。

「這證明不了什麼！」愛麗絲說話：「連詩寫的是什麼都不知道！」

「快念一念！」國王命令道。

白兔所念的詩句如下：

他們告訴我說

你到她那兒去過，

還曾向她提起我；

她對我頗有好評，
但說我不會游泳。
他說明我沒走，
（我們知道是實情）：
如果她要完成任務，
你們又怎麼執行？
我給她一個，
他們給他一雙，
你給我們三個或更多；

它們又被他還給你，
雖然以前本屬於我。
如果我或她竟會碰巧
被這件事牽扯，
他期待你能給它們自由，
正像我們曾做。
我的觀點是你曾經，
由於她的一時發瘋，
是他、我們自己及它，

之間存在的障礙一種。

別讓他知道
它們是她的最寵，
因為這必須永遠是，
你自己和我之間的祕密，
與其他所有都不同。

「這是到目前為止最重要的證據，」國王說：「現在請陪審員……」

「如果有誰能解釋這首詩，我願意給他六十便士。我認為這些詩沒有任何意義。」愛麗絲這麼說。（就在剛才的那一瞬間，她已經長得十分高大了，所以她一點也不怕打斷國王的話。）

陪審員都在紙板上寫下：「她相信這些詩沒有任何意義。」

「如果詩裡沒有任何意義，」國王說：「就可以免除掉許多麻煩。」

國王邊說邊把詩攤在膝上，瞄著，「我好像終於看出什麼意思——『說我不會游水』——就是說你不會游泳，是嗎？」國王對著紅心傑克說。

紅心傑克傷心地搖搖頭說：「我像會游泳的樣子嗎？」（他當然不會游泳，因為他全身是由硬紙片做成的。）

「現在全對了，」國王一邊說，一邊又繼續自言自語地嘟囔著這些詩句，『我們知道那是實情』——這當然是指陪審員——『我給她一個，他們給他一雙』——看，這肯定是指偷的餡餅了，是嗎？……」

「但是，下面還寫了『它們又被他還給你』呀！」愛麗絲說。

「對！不就是這些嗎？」國王指著桌上的餡餅說：「那麼再看：『由於她的一時發瘋』——親愛的，我想你沒有發瘋過吧？」他對皇后說。

「從來沒有！」皇后大發雷霆。

「那麼這些話並不適合你吧！」國王帶著微笑環視著法庭說。法庭上還是鴉雀無聲。

「這算是一語雙關的俏皮話吧！」國王生氣了，於是大家笑起來。

「讓陪審員做出裁決吧！」國王說，這大概是他第二十次說這句話。

「不，不，」皇后說，「應該先定罪，後裁決。」

「胡說八道，竟然要先定罪。」愛麗絲大聲說。

「住嘴！」皇后氣得臉色都發紫。

「我偏不！」愛麗絲毫不示弱地回答。

「砍掉她的頭！」皇后聲嘶力竭地喊道，但是沒有人行動。

「誰在乎你們？」愛麗絲說，這時她已經恢復到本來的身材，「你們只不過是一副紙牌！」

愛麗絲一說完，整副撲克牌全部升到空中，然後紛紛揚揚落在她身上，她發出尖叫，既驚訝又憤怒，正想揮走這些紙牌——睜眼一看，發覺自己躺在河岸邊，頭枕在姊姊的腿上，姊姊正在把從樹上飄落下來的枯葉撣掉。

「醒醒吧，親愛的愛麗絲！」姊姊說道：「哎，看你睡了多久啦！」

「啊，我做了好奇怪的夢！」愛麗絲把那些奇怪的經歷告訴姊姊。等她講完，姊姊親吻她一下說：「真是好奇怪的夢，現在快趕回去喝茶吧！」於是，愛麗絲站起來跑開，一面拼命地想，那個夢多麼奇妙呀！

愛麗絲走了以後，姊姊仍靜靜地坐著凝望夕陽，想著小愛麗絲以及她夢中奇幻的經歷，直到自己也恍恍惚惚進入了夢鄉。下面就是她所夢見的：

她先夢見小愛麗絲，又在那裡用雙手抱住膝蓋，一雙明亮而熱切的眼睛仰視著她。她聽到小愛麗絲說話的聲調，看到她微微擺動她的頭，好把蓬亂的頭髮擺順——還有她傾聽著愛麗絲說話時，四周都隨著妹妹夢中那些奇異動物的降臨而活躍起來。

那隻大白兔跳來跳去，弄得她腳下的草地沙沙作響，那隻心驚膽顫的老鼠在鄰近的池塘游來游去，不時揚起一陣水花。她還聽到三月兔和牠的朋友坐在茶桌旁，共享沒完沒了的餐點時碰擊茶杯的聲音，還有皇后命令處決她的不幸客人的尖銳叫嚷聲。同時也聽到豬孩子在公爵夫人腿上打噴嚏，以及碗盤的摔碎聲。甚至聽到獅身鷹面獸的喊叫聲，壁虎寫字時的沙沙聲，那些

被「制止」的豚鼠在袋中掙扎的聲音，混雜著遠處傳來的假海龜悲哀的抽泣聲，種種聲音充滿著四周。

她閉上眼睛端坐著，半信半疑地以為自己也真的去到那個奇妙的世界，儘管她知道那只是重溫一個舊夢，眼睛一睜開就會回到乏味的現實世界——野草只是在風中沙沙作響，池水的漣漪不過是擺動的蘆葦所拂起。

茶杯的碰擊聲實際上是羊頸上的鈴鐺聲，皇后的尖叫聲其實是來自於牧童的呼喚聲。豬孩子的噴嚏聲、獅身鷹面獸的叫嚷聲和各種奇聲怪音，不過是農村中繁忙季節時的各種喧鬧聲。而遠處耕牛的低吟，在夢中就變成假海龜的哀泣了。

國家圖書館出版品預行編目資料

愛麗絲夢遊仙境／路易斯・凱洛著；李漢昭譯；
曾銘祥繪圖．－－初版．－－臺中市：晨星，2010.05
〔民99〕
面；　公分．－－（愛讀書；01）
譯自：Alice's Adventures in Wonderland
ISBN 978-986-177-356-8（平裝）

873.59　　99001785

愛讀書 01

愛麗絲夢遊仙境

作者　路易斯・凱洛
翻譯　李漢昭
執行編輯　黃幸代
校對　黃幸代、柯昱貞
美術編輯　施敏樺
封面設計　陳其煇
封面／內頁插圖　曾銘祥

發行人　陳銘民
發行所　晨星出版有限公司
台中市工業區30路1號
TEL：(04) 23595820　Fax：(04) 23550581
E-mail: morning@morningstar.com.tw
http://www.morningstar.com.tw
行政院新聞局局版台業字第2500號
法律顧問　甘龍強律師
承製　知己圖書股份有限公司　TEL：(04)23581803
初版　西元2010年5月1日

總經銷　知己圖書股份有限公司
郵政劃撥：15060393
（台北公司）台北市106羅斯福路二段95號4F之3
TEL：(02)23672044　FAX：(02)23635741
（台中公司）台中市407工業區30路1號
TEL：(04)23595819　FAX：(04)23597123

定價199元
（缺頁或破損的書，請寄回更換）
ISBN 978-986-177-356-8
Published by Morningstar Publishing Inc.
Printed in Taiwan

讀者回函卡

感謝您的購買！

將回函卡寄回，讓小編姊姊好好認識你，告訴我這些資訊吧！

我的大名是 ______________，我已經 ________ 歲，

生日是 ______ 年 ______ 月 ______ 日

我是 □男生　□女生，就讀 ______________ 學校

我喜歡這本書，是因為　□漂亮的封面　□豐富的內頁插畫

□生動的文字　□有趣的養成手冊

能夠找到我的電話是 ______________

地址是 ______________

e-mail是 ______________

我喜歡這樣買書：□自己上書店買　□爸爸、媽媽買的

□學校書展　□其他 ________

我想把《愛麗絲夢遊仙境》推薦給更多朋友，

讓他們跟我一樣「愛讀書」！

姓名：	性別：□ 男　□ 女	年齡：
通訊地址：		
連絡電話：	電子信箱：	

想要看更多「愛讀書」系列作品嗎？

趕快上晨星出版，掌握最新的出版訊息！

http://www.morningstar.com.tw

請填妥後對折裝訂，直接投郵即可，免貼郵票。

廣告回函
台灣中區郵政管理局
登記證第 267 號
免貼郵票

407

台中市工業區 30 路 1 號

晨星出版有限公司

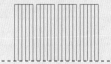

請沿虛線摺下裝訂，謝謝！

定價 199 元

一說謊，鼻子就會變長！
全世界最紅的木偶——皮諾丘來囉！

全世界超過247種譯本
改編電影逾二十次
讀者群媲美《聖經》及《可蘭經》

更多文字豐富、繪圖生動的「愛讀書」系列，陸續發售中喔！